시원찮은 그녀를 위한 육성방법

마루토 후미아키 = 지음
미사키 쿠레히토 = 일러스트

Saenai
heroine no
sodate - kata.7

Presented by Fumiaki Maruto
Illustration : Kurehito Misaki

아키
토모야
Tomoya Aki

시원찮은 그녀를 위한 육성방법 7

마루토 후미아키 지음

미사키 쿠레히토 일러스트

이승원 옮김

목차

🔻 원화, 그래픽 담당

사와무라
스펜서
에리리
Eiri Spencer Sawamura

blessing
software
멤 버 명 단

🔻 시나리오

카스미가오카
우타하
Utaha Kasumigaoka

🔻 기획, 프로듀서, 감독

아키
토모야
Tomoya Aki

🔻 음악

효도
미치루
Michiru Hyodo

🔻 메인 히로인

카토
메구미
Megumi Kato

Saenai heroine no sodate-kata.7

프롤로그

방과 후 시청각실에 스며드는 저녁노을이⋯⋯. 아, 미안. 평소 습관처럼 하던 말이 입에서 튀어나왔으니까 그냥 못 들은 걸로 해줘.

현관에 쏟아지는 아침 햇살이 뼛속까지 얼어붙게 만드는 추위를 전혀 억누르지 못하고 있는 2월 초.

"⋯⋯안녕."

"으, 응."

⋯⋯추운 공기로 뒤덮인 우리 집 앞에는 새하얀 입김을 내뿜으며 멍하니 서있는 이가 있었다.

"어제보다 3분이나 늦었잖아. 얼어 죽는 줄 알았다구."

"아, 그럼 먼저 갔어도⋯⋯."

"⋯⋯⋯⋯뭐?"

"……잘못했사옵니다."

"알았으면 됐어. 그럼 가자, 토모야."

코트 밖으로 흘러나온 머플러와 금색 머리카락.

푸른 눈동자와 새하얀 피부에서 배어 나오는, 범접을 허락지 않는 미소녀 아우라.

하지만 조그마하거나 납작한 몸 곳곳이 그 아우라를 능가하는 친밀감, 그리고 약간의 졸개 포스를 자아내고 있었다.

그런 그녀의 이름은 사와무라 스펜서 에리리.

초등학교 1학년 때 친구가 되었고, 그로부터 2년 후 결별했으며, 기나긴 잠복기를 거쳐 고등학교 입학과 동시에 교류를 재개한 후—

약 한 달 전에…… 다시 소꿉친구 사이로 되돌아간, 이웃사촌 동급생이다.

그녀는 지금까지 자전거를 타고 가까운 전철역까지 이동했지만, 『겨울에는 바람이 차갑다』라는 그럴듯하기 그지없는 이유를 대면서 요즘 들어 다시 도보 통학을 시작했다. 그리고 가는 길에 있는 우리 집 앞에서 휴식을 취하게 되었기에, 결과적으로는 학교까지 같이 가게 되었다.

뭐, 이웃사촌이고, 화해도 했으니 같이 등교하는 것도 나쁘지는 않았다.

하지만 8년 만에 화해를 한 데다, 중학교는 아예 빼먹고 고등학교, 그것도 3학년이 되기 직전의 시기에 이르러서 같이 등교하게 되니 위화감이 무시무시했다…….

아니 뭐, 딱히 싫은 건 아니니까 괜찮다.

정말 뭐랄까, 괜찮기는 하지만…….

※　※　※

"아, 맞다. 에리리."

"응?"

"패키지 일러스트의 진척 상황은……."

"……아~."

언덕을 내려가 국도 옆에 난 길을 따라 걸은 후, 전철에 탔다.

그리고 전철 손잡이를 잡고 나란히 서서 역 하나를 통과했을 즈음.

나는 요즘 들어 매일 같이 물은 탓에 거꾸로 물어보기 힘들어진 질문을 겨우 입에 담았다.

"슬슬 러프라도 완성시키지 않으면, 여러모로……."

"알아. ……응, 알지만—."

그것은 근처에 사는 소꿉친구라든가, 금발 트윈 테일 혼혈이라든가, 학교 안에서 평판이 자자한 미소녀라든가, 그런 일상과는 방향성이 약간 다른 이야기다.

서클, 『blessing software』…….

그것은 나, 아키 토모야가 약 열 달 전에 창설한 동인 서클이다.

『내가 생각한 최강의 미소녀 게임』을 만들기 위해 내가 아는 범위 안에서 최강의 정예들을 모은 결과, 어째선지 나 이외의 멤버가 전부 미소녀가 되어버린, 여러 가지 의미에서 드림팀이라 할 수 있는 서클이다.

그런 『blessing software』는 작년 연말에 열린 겨울 코믹마켓에서 반 년 동안 우리가 쏟아 부은 노력의 집대성이라 할 수 있는 처녀작(발매 작품 숫자에서도, 모든 히로인의 설정 면에서도 말이다), 『cherry blessing』을 내놓았다.

……아니, 뭐, 성공리에 내놓은 듯한 표현을 쓰기에는 여러모로 문제가 많기는 했지만, 그 점에 대해서는 나중에 설명하겠다.

아무튼, 이벤트 후 숍 위탁 판매량을 포함해서 수천 장이나 팔아치울 만큼 큰 화제가 되기는 했다.

그리고 에리리는 게임 제작에 있어서 시나리오에 버금갈 만큼 중요한 캐릭터 디자인과 원화를 담당했다. 즉, 우리가 만든 게임의 매상과 평가에 있어서 매우 중요한 역할을 담당했던 것이다.

동인계의 인기 일러스트레이터, 카시와기 에리로서 활동

하던 이 천재 작가가, 물량과 퀄리티 면에서 더욱 진화한 모습을 보여줬으니 화제가 되지 않는 것이 오히려 이상하리라.

"일주일 동안 열두 장이나 그려낸 녀석 답지 않게 작업에 너무 시간이 걸리네."

"그딴 건 이제 사양하겠어. 그때 내 수명의 반은 깎아먹은 느낌이 든단 말이야."

"……잘 들어. 내 이름을 노트에 쓰지 마. 절대 쓰지 말라고."

뭐, 아무튼 게임이 불티나게 팔린 덕분에 콧대가 높아진 우리는 숍에서 온 2차 출하 주문에 맞춰, 새로운 패키지 일러스트를 사용한 신장판을 내기로 했다. 그리고…… 그 후로 작업은 계속 정체되고 있다.

"일단 조금만 더 기다려줘. 이번 주말에라도 후딱 완성해서 넘길게."

"……믿어도 되지?"

"응! 나만 믿어! 왜냐면 나는 지금 공적(公的)으로도 사적(私的)으로도 충실한 상태거든!"

"그렇구나……."

창밖을 향해 시선을 돌린 나는 그 『사적』이 뭘 뜻하는지 물어보지 않았다.

뭐, 충분히 추측할 수 있었기 때문이다.

※　※　※

"안녕, 윤리 군. 사와무라 양."

"우타하 선배⋯⋯?"

"⋯⋯⋯⋯으."

그리고 우리가 학교 근처에 있는 전철역 개찰구를 통과한 순간이었다.

전철역 기둥에 기대어 독서를 하고 있던, 매우 눈에 익은 여성이 우리를 향해 가벼운 미소를 지었다.

"오늘도 춥네⋯⋯. 너희 주위 5미터 이외에는 말이야."

"⋯⋯이 음험녀, 방해하려고 일부러 여기서 기다리고 있었던 거네."

"서, 선배가 먼저 우리한테 말을 걸다니, 신기한 일도 다 있네요!"

"왜냐하면 윤리 군과 곧 작별하게 되잖아."

"예⋯⋯?"

"그래서 이렇게 3년 동안 다닌 길을 다시 한 번 기억에 새겨두고 싶어⋯⋯ 너와 함께 말이야."

"우타하 선배⋯⋯."

"지금까지는 한 번도 토모야와 같이 등교한 적 없었으면서."

"그건 당신도 최근까지 마찬가지였잖아. 겨우 이 정도 일로 과민반응하다니, 정말 어른스럽지 못하네."

"뭐?!"

"……곧 헤어질 거니까 이제 그만 사이좋게 지내라고요."

코트 밖으로 흘러나온 머플러와 긴 흑발.

빨려 들어갈 것 같이 맑은 검은색 눈동자. 평소에는 새하얗지만, 오늘은 추위 때문에 약간 발그레해진 피부.

게다가 모든 요소가 존재감을 과시하고 있는 탓에, 사람들이 극도로 범접하기 힘들게 만드는 아우라가 온몸에서 뿜어져 나오고 있었다.

그런 그녀의 이름은 카스미가오카 우타하.

내가 고등학교 1학년, 그녀가 2학년 때 팬과 작가로서 만났고, 그로부터 반년 후에 방향성의 차이 때문에 결별했다. 그리고 한 동안 냉각기간을 거친 후, 내가 2학년으로 올라가면서 이번에는 프로듀서와 크리에이터라는 형태로 재회했다.

그리고 그녀는 게임 제작에 있어서 원화에 버금갈 만큼 중요한 시나리오를 담당했다. 즉, 우리가 만든 게임의 평가와 매상에 있어서 매우 중요한 역할을 담당했던 것이다.

원래 라이트노벨 업계의 신진기예 소설가 카스미 우타코로서 활동하던 이 천재 작가가 노벨 게임이라는 새로운 필드에서 그 탁월한 기량을 선보였으니, 평판이 나쁜 게 오히려 이상하리라.

"그런데 사와무라 양. 새로운 패키지 일러스트는 어떤 느낌이야? 이제 슬슬 완성됐을 시기잖아."

그런 우타하 선배는 지금까지 3년 동안 항상 혼자서 독서를 하면서 통학을 했다. 하지만 『이제 곧 졸업이니까』라는 지당하기 그지없는(?) 이유를 대면서 오늘만큼은 내 옆에서 나와 같은 속도로 걷고 있었다. 즉, 결과적으로 같이 등교하게 될 것 같았다.

"으…… 그걸 디렉터도 아닌 평범한 시나리오 담당에게 가르쳐줄 필요는 없을 텐데?"

뭐, 서클 동료이고, 나는 작가로서의 그녀를 존경해 마지않는 광팬이니 딱히 문제될 것은 없다.

"어머, 뜻밖이네. 우리는 회사조직의 일원이 아니라 어디까지나 같은 서클의 동료잖아? 그런데도 종적인 행정 관계를 강요하다니 너무 슬퍼……. 트러블은 모두가 공유하고, 성공은 전원이서 기뻐한다. 그게 동인활동의 매력 아니었어?"

하지만 주위에 사람이 있을 때는 남들이 다가오지 못하게 하는 분위기를 자아내 『우리 이외의 사람들에게는』고고한 인상을 주던 선배가, 많은 사람들 앞에서 이렇게 농담을 하면서 걷고 있으니 엄청 위화감이 느껴졌다…….

"자기는 믿지도 않는 정론을 내가 트러블에 빠졌을 때만 늘어놓지 말라구!"

아니, 뭐, 딱히 싫은 건 아니니까 괜찮다.

정말, 뭐랄까, 괜찮기는 하지만…….

"두 사람 다 그만해! 남들이 쳐다보고 있다고! 우리를 뚫어져라 쳐다보고 있단 말이야!"

괜찮을 리가 없잖아.

왼편에는 토요가사키 2대 미녀 중 한 명인, 미술부의 에이스이자 학교 최고의 인기를 자랑하는 금발 트윈 테일 혼혈 미소녀.

오른편에는 토요가사키 2대 미녀 중 한 명인, 학교 제일의 수재이자 경외의 대상이 되고 있는 흑발 롱헤어 검정 스타킹 글래머 미녀.

그런 두 사람 사이에 외톨이 늑대 액티브 중증 오타쿠이자, 이 학교에서 가장 짜증나는 인물로 알려져 있는 안경남이 서있는 것이다.

그리고 미녀 두 사람에게 오타쿠가 둘러 싸여 있는 구도는…….

"토모야는 입 다물고 있어! 이건 나와 카스미가오카 우타하의 문제야."

"그래. 윤리 군은 참견하지 마. 만약 이 자리에서 당신이 숨기고 있던 본심을 드러내며 나를 감싸기라도 했다간, 불쌍한 패배자인 사와무라 양은 두 번 다시 일어서지 못할 거야……. 후훗, 후후훗."

"그럴 리가 없잖아아아아아아아아~!"

"하아아아아…… 정말."

게다가 그 두 미소녀가 평소 주위 사람들에게 보여주는 표정이나 언동과는 전혀 다른, 어찌 보면 생기가 넘치는『서클 안에서의 얼굴』을 드러내며 나를 사이에 둔 채 말다툼을 벌이는 모습은…….

나중에 나한테 얼마나 골치 아픈 일이 일어날지 상상하게 하기에 충분했다…….

※　※　※

"어이, 토모야! 아침의 그건 대체 뭐야?!"

"내가 이렇게 될 줄 알았다니깐!"

신발장 앞에서 두 사람과 헤어진 후, 내가 날카로운 시선에 난도질당하면서 겨우겨우 교실 입구를 통과한 순간…….

지금까지 절반의 책에서만 등장했던 클래스메이트, 카미고 요시히코가 매우 호의적인…… 아니, 호기심 가득한 태도를 취하면서 나를 맞이했다.

평소에도 존재감이 옅은

"너, 너어! 요즘 사와무라 양과 같이 다닌다고 학교 안에서 화제가 되고 있는데, 오늘은 카스미가오카 선배까지……!"

"요시히코, 너한테 할 말이 있어."

요시히코만이 아니라 교실 안에서 귀를 쫑긋 세우고 있

는 남자애들을 의식한 나는 심각한 표정을 지으면서 말했다.

"나도 말할 수만 있다면 말해주고 싶어. 하지만 사람에게는 반드시 지켜야만 하는 신의라는 게 있다고."

"너, 실은 말할 생각이 눈곱만큼도 없는 거지?"

뭐, 최근 며칠 동안 이런 취조에는 익숙해졌다.

그것도 그럴 것이, 지난주부터 이 학교의 마돈나(웃음)와 함께 등교하면서 나, 아키 토모야는 화제의 중심이 되었기 때문이다.

그리고 요시히코를 비롯해 스무 명이 넘는 사람들에게 이런 취조를 받았으면서도 단 한 번도 실토하지 않은 의리 넘치는 남자이기도 했다.

뭐, 지금까지의 경위를 설명하려면 이야기가 너무 길어질 테고, 절대 믿어주지 않을 게 뻔한 데다, 우리 둘의 평판이 치명적일 정도로 손상될 것이 뻔하기에 말하지 않은 것뿐이다.

그리고 또 하나…….

"아……."

"…………."

이 교실 안에서는 잘난 척 하고 싶지도, 허둥대고 싶지도, 의미심장한 미소를 짓고 싶지도, 퉁명한 표정을 지으면서 입을 다물고 싶지도 않았다.

"아, 안녕. 카토."

"안녕, 아키 군."

요즘 들어 항상 같은 시간, 즉 조례 시간을 알리는 종이 울리기 1분 전.

요즘 들어 항상 그 시간에 미소를 짓지도, 화를 내지도, 허둥대지도, 느긋해 하지도 않으면서, 평범하게, 노멀하게, 멍한 표정으로 교실에 들어오는 한 여자애.

등을 타고 흘러내리는, 우타하 선배를 베낀 듯한 긴 흑발.

꽤 맑은 눈동자와 적당히 새하얀 피부.

그리고 체형이 표준적인 탓에, 외모가 나쁜 편이 아닌데도 불구하고 다가가기 쉽지도 어렵지도 않은, 그야말로 어중간한 아우라를 지닌⋯⋯ 잠깐, 그건 아우라가 없다는 소리 아냐?

아무튼, 그런 그녀의 이름은 카토 메구미.

내가 고등학교 2학년, 즉 지금 학년으로 올라온 직후 만났⋯⋯ 아니, 정확하게 말하자면 1학년 때부터 계속 같은 학교에 다니면서 마주쳤겠지만 그제야 인식하게 됐다.

그 후, 딱히 그림을 잘 그리거나 글을 잘 쓰는 것도 아니지만, 메인 히로인이라는 정체불명의 직함을 담당한다는 명목으로 게임 히로인의 모델부터 스크립트 작업 보조 같은 각양각색의 잡일을 담당해줬다.

그리고 그로부터 8개월 후⋯⋯.

작년 연말에 열린 겨울 코믹마켓에서, 아마, 약간의 견해 차이로 인해, 아마, 결렬했으며…….

"저기, 카토."

"응?"

"다음 서클 활동일은 이번 주 금요일이거든?"

"아, 응."

"오래간만에 참가해……."

"아, 종이 울렸네."

"아니, 하지만……."

"곧 선생님 오실 테니까 자리로 돌아가는 편이 좋지 않을까?"

"……알았어."

그리고 지금도, 아직, 우리 사이는 회복되지 않았다.

언제나 종잡을 수 없고, 무슨 생각을 하는지도 알 수 없으며, 결국 항상 별 생각 하지 않던 녀석이 이렇게 티나게 언짢은 기색을 드러내고 있었다.

"빨리 가, 아키 군."

"그럼 나중에 봐."

"응."

올해 들어서부터 카토는 항상 『종이 울리기 1분 전』에 등교해서, 항상 『종례 후 1분 안』에 하교했다. 그녀는 명확하게 반역의 의지를 드러내고 있는 것이다.

그러니 지금 내가 한 약속 또한 결코 지켜지지 못하리라.

왜일까. 정말 왜일까.

이게 꽤나 아팠다.

캐릭터성이 없고 종잡을 수 없는 카토가 하는 짓답게 어디가 아픈지 알 수 없지만, 이 고통은 사라지지 않고 계속 내 안에 남아 있었다.

정말, 왜일까…….

"다들 안녕~. 한 명도 빠짐없이 다 왔지?"

……내가 생각에 잠겨 있을 때, 우리 반 담임인 카노 쌤, 하스미 카노 선생님이 나이에 걸맞지 않은 귀여운 목소리를 내면서 힘차게 교실 문을 열었다.

연말 이후로, 나는 계속 이런 희미한 위화감을 느끼면서도…….

평소와 거의 다르지 않은 나날을 보내고 있었다.

자아, 카노 쌤도 처음으로 등장했으니, 이 기회에 처음으로 수업 풍경을 묘사할 수 있을 거라고 생각했지만 이번에도 시간이 다 된 것 같다.

이래가지고 학원 러브코미디라고 부를 수 있으려나…….

제1장

어라? 이번에야말로 진짜 개별 루트 아냐?

"아, 안녕."

"으, 응……."

장소는 내 방.

시각은 오후 아홉 시.

그리고 날짜는 2월 중순의 어느 평일.

"내, 내일 학교도 가야 하는데 이렇게 늦은 시간에 찾아 와서 미안해."

"아, 괜찮아……. 어차피 심야 애니메이션 다 볼 때까지는 안자거든."

평소처럼 저녁 식사와 목욕을 마친 후 방에서 혼자서 놀고 있을(그렇고 그런 걸 한 건 아님) 때, 느닷없이 『나는 이제 혼자가 아냐』 같은 상황에 돌입한 나는 퉁명한 어조로 늦은 밤에 찾아온 손님을 맞이했다.

……참고로 그 상대는 에리리다.

하지만 작년까지만 해도 체육복을 입고 우리 집에 나타났던 그녀는 현재 평범한 원피스 차림이었다.

작년까지만 해도 그녀는 머리카락이 잔뜩 헝클어진 채 나타났지만, 오늘은 트윈 테일 모양으로 깔끔하게 세팅하고 나타났다.

물론 안경도 쓰지 않았으며 항상 들고 왔던 스케치북도 보이지 않았다. 일러스트 작업 같은 건 안중에도 없이 그냥 놀러온 것처럼 보였다.

이 녀석치고는 평범하지 않게 평범한 외출 모드로 나타난 것이다.

"그런데 무슨 일이야? 뭔가 할 이야기라도 있어?"

"으, 으음, 그게 말이야……."

평범한 여자애 같은 옷차림으로 나타난 에리리는, 그녀답지 않게 위화감이 느껴지는 표정을 지었다. 그리고 양손을 등 뒤로 돌린 채 나를 올려다보면서 여성스러운 목소리와 말을 뱉었다.

"자, 바, 받아! 오늘은 그날이잖아!"

"그런 치명적인 오해를 살 만한 표현 쓰지 말라고! 그냥 밸런타인데이라고 말하면 안 돼냐?!"

아깝다. 단어를 조금만 더 신경 써서 골라줬으면 고득점을 노려볼 수 있었을 텐데 말이야.

"위스키봉봉……."

에리리가 준 상자에서는 고급스러운 느낌이 물씬 났다. 그리고 아무리 진심 초콜릿이라도 좀 더 가볍게 받을 수 있는 거면 좋지 않았을까 하는 생각이 들 만큼 위험한 아우라를 뿜고 있었다.

"일전에 아빠가 영국에 갔다 올 때 본고장 걸 사다줬어."

"……고맙기는 하지만 아직은 먹을 수 없겠네."

왜냐면 본고장에서 만든 진짜배기가 틀림없어 보이니까 말이다. ……안에 스카치위스키가 잔뜩 들어 있을 거야.

"뭐, 토모야는 그런 거에 철저하니까 그렇게 말할 것 같아."

아니, 철저하다기보다 술이 나오면 애니메이션화할 때 여러모로 골치야…… 그런 이야기는 일단 제쳐두자.

에리리가 일부러 우리 집에 와서 외국산(위스키 첨가) 초콜릿을 건네준 오늘은 바로 2월 14일.

걸어서 3분 거리인

"낮에 줘도 되는 거 아냐?"

"으, 응……. 실은 계속 가방 안에 넣어뒀었는데, 조금 부끄러워서 말이야."

"그, 그, 그랬구나……."

장소는 내 방.

시각은 오후 아홉 시.

즉, 밤이 깊어가고 있는 시각에 고등학생 남녀가 단둘이서 한방에 있는 것이다.

……이런 생각을 하면서 쓸데없이 의식하고 말 만큼 오늘의 에리리는, 아니, 최근의 에리리는 정말 여성스러웠다.

※　※　※

"뭐? 나 말고는 아무한테도 초콜릿 못 받은 거야?"

"아니, 그래도 작년 대비 플러스 1이라고! 무량대수배의 성과란 말이야!"

그렇게 여성스러운 에리리는, 역시 여성스럽게 오늘의 내 성과를 꼬치꼬치 캐물었고…….

내가 오늘의 한심한 성과를 말해주자, 이번에는 고개를 갸웃거리면서 낯간지러운 표정을 지었다.

"그러고 보니 오늘은 카스미가오카 우타하의 모습이 보이지 않았네……. 지난주에는 계속 우리를 방해했었잖아."

"……3학년은 현재 자유 등교거든."

뭐, 학교에 왔다고 해서 나한테 초콜릿을 줄 거라는 보장은 없지만 말이다.

……그래도 기대하기는 했다고!

"흐음…… 그 색마라면 감기에 걸리든, 눈이 내리든, 마감 10분 전이든 간에 무조건 나타날 것 같은데 말이야."

어이, 마지막 같은 상황에서는 나타나면 안 된다고.

"그럼 그 애는? 우리 서클의 음악 담당이자 네 친척인, 그 칠칠치 못한……."

"미치루도 평일에는 학교에 가야 해."

……뭐, 패밀리 초콜릿을 기대하기는 했다고!

"작년 가을에는 학교 가야 하는데도 가출해서 이 집에 살지 않았어?"

"뭐, 요즘은 공부하느라 바빠서 밴드 활동도 거의 못 하는 것 같아."

그 자유로운 잠자리 같은 녀석은 지금쯤 유급 위기에 처해있는 걸지도 모른다.

정말, 이렇게 중요한 시기(?)에 그런 쓸데없는 문제에 휘말리다니…….

"……혹시나 해서 물어보는 건데 『rouge en rouge』의 악^{철천지원수}의 여간부^{하시마 이즈미}에게서 뭔가를 받았다든가……."

"아무 것도 못 받았어! 이즈미도 지금 고교 입시 시즌이라고! 그리고 너는 그 녀석과 화해한 거 아니었어?!"

……존경 초콜릿을 기대하기는 했다고~.

"그리고 오늘 내가 추구하고 있는 건 1일 한정으로 인터넷에 범람하는 밸런타인 기념 일러스트야!"

그렇다. 오늘은 중요 부위를 리본으로 가려 억지로 전연령으로 만든 애니메이션 히로인이나, 중요 부위에 초콜릿이나 크림을 발라 억지로 전연령으로 만든 게임 히로인 등이,

미소와 멋쩍은 표정, 그리고 완전 맛이 간 얼굴로 우리의 마음을 치유해주는 메모리얼데이인 것이다.

그러니 일본의 밸런타인데이는 전 세계에 자랑할 수 있는 멋진 날이다…….

"그럼 메구미한테서는?"

"……카토는, 뭐, 그러니까, 으음, 그런 거에 관심이 없는 것 같다고나 할까……."

내가 마음속으로 뭔가를 역설하고 있을 때, 에리리는 그런 나의 미성년자다운 주장에 멋진 카운터펀치를 날렸다.

"그래? 토모야에게 의리 초콜릿을 줄 확률이 가장 높은 애잖아? 메구미, 혹시 오늘 학교를 쉰 거야?"

"……그, 글쎄~. 기억 안 난다고나 할까, 너무 존재감이 없어서 등교했는지도 모르겠다고나 할까~."

지금은, 그것만큼은…… 그 녀석에 대한 이야기만큼은…….

"뭐야. 아직 화해 안 한 거야?"

"……시, 시끄러워~."

물론 병에 걸린 것도, 집단 괴롭힘을 당한 것도, 남자에게 호되게 차인 것도 아닌 카토는 오늘도 학교에 왔다.

하지만 오늘도 조례 직전에 등교해서, 종례가 끝나자마자 바로 하교했기 때문에 한 마디도 대화를 나누지 못했다.

……뭐, 오늘 같은 날에 카토에게 치근댔다간 클래스메이

트들이 나를 불쌍하다는 듯이 쳐다볼 게 뻔했기 때문에 함부로 다가갈 수도 없었다.

"두 달이나 됐지? 이 정도면 너와의 관계를 자연 소멸시킨 거라고 봐도 되는 레벨 아냐?"

"그래 보여? 역시 그렇게 생각해?!"

가능하면 생각하지 않으려 했던 가능성을 지적당한 탓에 내 목소리는 2옥타브 정도 올라가 보이 소프라노가 되었다.

확실히 그 멍한 카토라면 아무도 눈치채지 못하게 내 앞에서 완전히 사라져 버리는 것도 식은 죽 먹기일 것이다.

"그렇게 신경 쓰인다면 내가 메구미한테 연락해볼까?"

동요할 대로 동요한 나를 보다 못한 에리리가 구원의 손길을 내밀었다.

하지만…….

"……에리리. 너, 요즘도 카토와 연락하고 지내?"

"응. 매일 라인으로 이야기해. 뭐, 우리 둘 다 그렇게 자주 체크하지는 않지만 말이야."

"뭐……."

그 말을 듣고 『라인이라고? 에리리 주제에 리얼충 여고생이나 쓸 법한 어플을 쓰다니!』 같은 태클을 걸 수도 있을 것이다.

하지만 지금은 내 마음속을 채운 응어리가 너무 강해서 그럴 수가 없었다. 결국 나는 캐릭터성 없고 우유부단한 러브코미디 주인공 같은 반응을 보이고 말았다.

"메구미가 아직도 화를 풀지 않다니……, 혹시 아직 겨울 코믹마켓 때 일로……"

"그것 때문은 절대 아냐."

"……토모야."

그렇다. 카토는 그 일로 화내지는 않았다.

우리가 기한 안에 게임을 완성하지 못해서 화가 난 것도, 그 때문에『rouge en rouge』와 승부 자체를 하지 못해서 화가 난 것도 아니었다.

만약 그것 때문에 화가 난 것이라면 에리리와 아직도 친구 사이로 지내지는 않을 것이다.

……겨울 코믹마켓 당일, 신작을 100개밖에 준비하지 못한 것은 에리리의 작업이 늦어진 것과 내 매니지먼트력이 부족했기 때문이다.

에리리는 그것이 자기 탓이라고 주장했고 무슨 말을 듣더라도 감수하려 했으며 모든 책임을 자신이 지려 했다.

하지만 그런 자칭 죄인을 용서한 것을 보면, 카토가 나만 용서하지 않은 이유는 그 실패와『직접적인』관련이 없을 것이다.

하지만…….

『왜 상의해주지 않은 걸까……?』

겨울 코믹마켓 행사장에서 돌아오는 길에 카토는 평소와 다름없는 표정을 짓고 있었다.

하지만 그때 그녀에게서 배어나온 분위기는, 평소의 카토를 접하면서 단 한 번도 느끼지 못했던 불안감을 지금도 내 마음속에서 솟구치게 하고 있었다.

"······그 이야기는 이제 그만하자."

"토모야. 너 이 이야기를 할 때면 매번 「이제 그만하자.」는 말로 끝내려고 하네."

"······."

왠지 아픈 곳을 찔린 것 같은 느낌이 들었지만, 어차피 이렇게 고민해봤자 해결책이 나올 리가 없다는 것은 최근 한 달 동안의 내 경험을 통해 이미 알고 있었다.

그 뿐만 아니라 2학년 생활이 끝을 향해 달려가고 있는 탓에 「이대로 있다가 3학년에 카토와 다른 반이 되기라도 한다면······」 같은 새로운 고민거리까지 생겨나고 있었다.

"그, 그것보다, 새로운 패키지 디자인······."

그래서 나는 억지로, 그리고 비겁한 수단을 사용해서 화제 전환을 시도했다.

"······그 이야기는 이제 그만하자."

"재미없어! 그 말대꾸 하나도 재미없다고!"

꽤 억지스러운 화제전환에 이렇게 쉽게 걸려드는 에리리

를 보면서 나는 여러모로 불안해졌다.

이 녀석, 나만큼이나 궁지에 몰려 있는 거 아냐⋯⋯?

※　※　※

"이거⋯⋯ 완벽한 팬티 서비스 편이군."

"이렇게 대놓고 보여주니 전혀 흥분이 안 돼⋯⋯. 감독과 각본가가 좀 제대로 된 시추에이션을 생각해줬으면 좋겠어."

"⋯⋯내용은 아무래도 좋으니 일단 색기로 밀어붙이라고 프로듀서가 지시한 거 아냐?"

드디어 심야 애니메이션이 시작할 시간대, 즉 심야가 되었다.

밸런타인데이 다음날인 2월 15일.

목적을 달성한 에리리는 뭔가가 아쉬운지 내 옆에 앉아 함께 텔레비전을 보고 있었다.

"그것보다, 좀 전에 하다 만 이야기 말인데⋯⋯. 너, 혹시 슬럼프야?"

"으음~ 잘 모르겠어~."

그리고 집에 돌아가지 않은 탓에 카운슬링이라는 명목의 내 심문을 받게 되었다.

"구도를 고민하는 거야? 그럼 나도 아이디어 짜는 걸 도

울게."

"아, 그런 게 아냐. 러프라면 이미 완성됐어."

확실히 러프는 예전에……『숍에서 추가 발주 신청이 들어 왔어! 그것도 5000개나!』하고 외치며 흥분했던(주로 나와 에 리리와 미치루가) 올해 첫 서클 집회 다음날에 완성됐다.

하지만 그 후 며칠이 지났는데도 CG는 고사하고 선화도, 아니, 내가 묻지 않으면 진척 상황을 보고하지도 않는 사태 가 발생하고 만 것이다.

……아, 세간에 그런 일러스트레이터가 썩어빠질 정도로 많다는 건 알고 있거든?

하지만 나는 에리리가 마감 직전에 보여줬던 초고속 작업 이 좋든 싫든 뇌리에 박혀 있기에, 이런 사태가 벌어졌다는 사실 자체를 이해할 수 없었다.

"그러니까, 조금만 더 시간을 줘……. 이번 주말에라도 완 성해버릴 테니까……."

"에리리……."

그 말은 지난주에도 들었다.

사실은 지지난 주에도 들었다.

"나만 믿어……. 나는 지금 엄청 충실한 상태거든."

"으……."

충실함 같은 것을 전혀 느낄 수없는 애처로운 목소리로 그렇게 말한 에리리는 나에게 살며시 기댔다.

으, 으음…… 이런 걸 가지고 충실한 상태라고 말하는
건…… 아니겠지?

※　※　※

"아, 노골적인 수증기 장면 나왔다."

"BD에서 수정되어 사라진다고 해도, 작화가 이래서는 살
마음이 안 드네."

"오늘만 안 좋은 것뿐이야……. 좀 더 관대한 마음으로
봐주자고……."

다음 애니메이션을 보면서도 에리리의 혹평은 끝날 줄을
몰랐다.

하지만 불평을 줄줄 늘어놓으며 이런 형편없는 애니메이
션을 보는 시간은, 모에 오타쿠인 우리에게 있어 행복한 순
간임이 틀림없다.

……그렇기 때문에 한 시가 지났는데도 불구하고, 에리리는
집에 돌아가기는커녕 나와의 거리를 더욱 좁히고 있었다.

"……."

"……."

몇 번이나 같은 말을 반복해 죄송하지만, 이곳은 내 방
이다.

그리고 여섯 줄 위에서도 말했다시피, 지금은 오전 한 시

가 지났다.

"······."

"······."

이렇게 늦은 시간에 서로의 체온조차 느껴질 만큼 몸을 가까이 한 채, 단 둘만의 시간을 보내는 우리는······.

뭐랄까, 진짜로 뭐랄까, 오타쿠끼리의 즐거운 한 때와는 거리가 먼 느낌이 든다고나 할까······.

"······저기, 토모야."

"으, 응?!"

바로 그 순간. 에리리가 콧소리가 살짝 섞인 달콤한 목소리를 내자, 나는 동정 오타쿠다운 한심한 리액션을 보일 수밖에 없었다.

"추가 패키지에 새 일러스트를 쓰기로 한 거, 없었던 일로 하면 안 될까?"

"······뭐?"

그리고 다음 순간, 에리리가 매우 부정적인 말투와 내용이 담긴 말을 해서, 나는 얼간이 프로듀서다운 한심한 리액션을 보일 수밖에 없었다.

"예전 패키지 일러스트도 나쁘지 않으니까, 꼭 바꿀 필요는 없지 않아······?"

"뭐, 하, 하지만 네가······."

"응. 내가 말을 꺼내기는 했어······. 「이런 낡은 그림을 또 쓰는 건 부끄러워.」라고 내 입으로 말했어."

그 뿐만 아니라 30분 전까지만 해도 아직 그림을 그릴 의욕이 있었다.

"하지만 위탁을 시작하고 한 달 밖에 안 지났잖아? 처음 패키지가 너무 레어해져서 불만을 가지는 사람도 생기지 않을까?"

확실히 지난달에 우리가 내놓은 초판 1000개는 순식간에 팔려 나갔다.

만약 우리가 나중에 유명 서클이 되어 매번 수천, 혹은 수만 개 씩 게임을 팔아치우는 괴물 서클로 성장한다면 겨우 천 개『만』 시장에 풀린 초판은 레어 아이템이 될 것이다. 그리고 속 시꺼먼…… 아니, 안목 좋은 오타쿠 숍의 유리 케이스 안에 수만 엔이라는 가격표가 붙은 채 진열될 가능성도 있었다.

확실히 이건 망상에 가까울 뿐만 아니라 거만한 추측이지만, 나 이외의 크리에이터들의 면면을 생각하면 그렇게 될 가능성이 제로라고 단정 지을 수도 없다.

아니, 그뿐만 아니라 저번 겨울 코믹마켓에서 판매한 수제 미디어 100장은, 그야말로 『누구도 본 적이 없는 전설의 아이템』으로서 믿기지 않을 정도의 가격이 붙을 가능성도……

"결국…… 그리고 싶지 않다는 거지?"

"그러니까 그리고 싶다, 싶지 않다 같은 문제가 아니라구."

그런 전설 운운은 아무래도 상관없……지는 않지만, 지금 중요한 건 그게 아니다.

아무리 생각해봐도, 방금 그 말은 에리리의 변명이다.

아무리 생각해봐도, 유저를 생각한 발언이 아니었다.

그럴 수 없는 것인지, 그리고 싶지 않은 것인지, 어느 쪽인지는 알 수 없지만…….

아무튼 지금의 에리리는 겨우 한 장의 그림을 그린다는 행위로부터 도망치고 있다.

"그럼 뭐가……."

"그 이전에, 새로운 패키지라는 게 그렇게 중요해?"

확실히 유저와도 숍과도 약속을 한 것은 아니다.

종전의 패키지로 내더라도, 아니, 종전의 패키지로 빨리 내는 편이 발주를 한 숍과 아직까지 『재판 희망』 메일과 트윗을 보내고 있는 유저들에게 있어서 행복한 일일지도 모른다.

"하지만 우리는 동인이잖아."

"그래서 그러는 거야. 하나라도 더 팔려고 껍데기만 바꾼 리패키지판이나, 몇 킬로바이트짜리 추가 시나리오를 넣어서 같은 가격으로 파는 리뉴얼 판, 혹은 2부작이나 3부작이라는 걸 숨기고 파는 속편 상법. 이런 방식으로 똑같은 내용물인 물건을 몇 개나 유저에게 사게 해서 폭리를 취할 뿐만 아니라, 「이렇게라도 안 하면 먹고 살 수 없는 업계」라는 변명 같은 소리나 해대는 사람들의 흉내를 낼 필요는 없지 않아?"

"후반으로 가면 갈수록 본질에서 벗어나고 있잖아! 그리고 너 그쪽 업계에 원한이라도 있는 거냐?!"

……으음, 너무 본론에서 벗어났기 때문에 궤도수정을 하자면, 내가 입에 담은 『동인이니까』라는 말의 의미는 물론 그런 뜻이 아니다.

확실히 구매해주는 숍이나, 플레이해주는 유저도 소중하다. 하지만 동인이라는 것은 만드는 이들의 흥을 가장 소중히 여기는, 좋은 의미에서도 나쁜 의미에서도 아마추어적인 업계라고 생각한다.

그렇기 때문에 에리리가 말한 「악랄한 상업주의는 NG지만, 좋은 상업주의는 OK」 같은 주장에 납득할 수 없었다.

뭐, 이 녀석은 원래 트렌드를 중시하는 동인 건달 타입이었다.

하지만 『전력을 다해 유저들에게 꼬리친다』라는 긍정적인 자세를 지니고 있었다.

이렇게 부정적인 에리리는 보는 건 처음이라서, 뭐랄까…….

"천 개나 팔았으니 제작비는 회수했을 거 아냐."

"뭐, 너와 우타하 선배의 원래 개런티^{상업에서의}를 고려하지 않는다면 말이야."

"그런 걸 받을 생각은 눈곱만큼도 한 적 없어. 나도……, 그리고 카스미가오카 우타하도 마찬가지일 거야."

"……."

왜일까…….

이야기가 좋게 마무리되는 느낌이 들기는 하지만, 그래도 위화감은 사라지지 않았다.

혹시 게임이 완성되었기 때문에 흥미를 잃고 만 것일까?

그렇게 심혈을 기울여 만든 우리의 『cherry blessing』을 향해 더 이상 뜨거운 열정을 불태울 수 없게 된 것일까?

"그러니까 말이야……. 더 안 팔아도 괜찮을 것 같지 않아?"

뭐야. 대체 뭐가 어떻게 된 거냐고.

나와 에리리는 작년 연말, 나스 고원(高原)에서 분명 화해했다.

그 뿐만 아니라 지금은 이렇게 가까워졌다. 밤늦은 시간에 함께 애니메이션을 보고, 밸런타인데이에 초콜릿을 건네주는, 미소녀 게임에 나오는 소꿉친구 같은 사이가 된 것이다.

그런데 이 느낌은 뭐지?

뭔가가 아주 약간, 하지만 치명적으로 잘못된 것 같은, 이 묘한 느낌은 대체 뭘까?

"어, 어이, 에리리."

"응……?"

막아야만, 한다.

평소의, 의미를 알 수 없고, 제멋대로이며, 억지스러운…….

그러면서도, 기세만은 넘치는 엉터리 이론으로, 심약해진 에리리를 바로 세워야만 한다…….

"……새로운 패키지나 돈 문제는 제쳐두더라도, 나는 더 많은 사람들이 우리가 만든 게임을 플레이해봤으면 좋겠어."

"아, 그럼 무료 배포를 하는 건 어때?"

"그러면 지금까지 사준 유저들에게 실례야."

"하긴…… 그것도 그래. 그럼 루트 하나만 전부 플레이할 수 있는 체험판을 공개하는 건?"

……나의 「오늘은 이 이야기를 그만하자」는 신호를 재빨리 눈치챈 에리리가 화제를 바꿨다.

"그걸로 납득해줄까?"

"그러니까 본편도 다운로드 판매만 가능하게 해서 더 싸게 플레이할 수 있게 하는 거야. 그러면 패키지판을 산 사람들에게도 메리트가 있잖아."

"으음, 그 정도가 적당할지도 모르겠네."

나는 그 사실을 눈치챘으면서도 천연덕스럽게 화제를 돌리는 에리리를 말릴 수 없었다.

그녀의 「그리고 싶지 않다」는, 마음의, 몸의, 직접적인, 간접적인 외침을 탓할 수가 없었다.

나는 「빠르고, 능숙하며, 안정되었을 뿐만 아니라, 엄청나지기까지 해라.」고 말했다…….

에리리는 「누구나 다 엄청나다고 인정해주는 일러스트레이터가 되겠다.」고 맹세했다…….

여름 불꽃놀이 축제가 열린 날 밤 느꼈던 그 열기를, 우리는 되찾을 수 없다.

왜냐하면 나는 한겨울의 고원이 얼마나 추운지 알고 말았다.

에리리의 『그 모습』을 보고 말았다.

내 꿈을 이루어주기 위한 그림을 그리기 위해, 에리리는 영혼을, 몸을, 생명을 갉아먹었고…….

무턱대고 무리를 해가면서 무모한 짓을 한 끝에, 우타하 선배처럼 창작의 신을 자신에게 강림시켰으며…….

원래부터 약했던 그녀의 몸이, 그 부담을 견뎌내지 못하고 그대로 꺾여버리고 말았던 모습을…….

"……역시 이 애니메이션은 꽝이군."

"……이번 분기 최악 애니메이션의 패권을 차지할 가능성이 가장 커 보이네."

그래서 지금의 에리리를 받아들인 나는, 이 녀석이 도피처로 삼은 온화하면서도 느긋한 공기에 그녀와 함께 몸을 맡겼다.

나를 그 공간으로 끌어들인 에리리는 약간 기쁜 듯한, 그리고 약간의 자학이 섞인 미소를 지었다.

그러고 보니…….

왜 나는 최강의 미소녀 게임을 만들자는 생각을 했던 것일까.

자신이 오타쿠로서 이 세상에서 태어났다는 증거를, 작품을 통해 이 세상에 남기고 싶었던 것일까.

아니면 옛날부터 동경했던 크리에이터라는 사람들을 조금이라도 따라잡고 싶었던 것일까.

아니면 이 작품을 발판 삼아 오타쿠 업계로 화려하게 진출하고 싶었던 것일까.

아니면…….

※　※　※

에리리는 애니메이션 방송이 끝난 새벽 세 시에 돌아갔다.

그렇다. 밸런타인데이 오후 아홉 시부터 새벽 세 시까지라고 하는, 그렇고 그런 일이 많이 일어난다는 여섯 시간 동안, 한 방에서 단둘이 어깨를 마주대고 나란히 앉아있었는데도 우리 사이에서는 아무 일도 일어나지 않았다.

……따, 딱히 기대 같은 건 안했거든?
눈곱만큼도 의식 안했다고!

제2장

운명의 분기점에서는 항상 눈이 내린다(지나친 생각)

"자, 윤리 군……. 조금 늦었지만 밸런타인 초콜릿, 받아 줄래?"

"고, 고, 고마워요……."

장소는 햄버거 가게.

시각은 오후 세 시.

그리고 오늘은 2월 하순의, 어느 주말.

"미안해. 14일에는 회의가 있어서 학교에 가지 못했 어……."

"아, 아뇨. 이렇게 받은 것만으로도……."

평소 같으면 오타쿠 숍을 돌거나, 집에서 오타쿠 아이템을 소화하느라 바쁠 시간대이다. 그런 시간에 여성과 마주앉아 시간을 보내고 있는 나는, 송구스러워 하면서 눈앞에 있는 이를 응시했다.

……뭐, 우타하 선배와 있을 때는 항상 이런 느낌이다.

"게다가 시간이 없어서 근처 가게에서 살 수밖에 없었어. ……실은 직접, 초콜릿 하나하나에 저주와 함께 머리카락을 한 올씩 집어넣고 싶었는데 말이야."

"그, 그렇게까지 신경 쓸 필요는 없다고요! 그리고 그『저주』는『축복』을 잘못 말한 거죠?!"

……이런 특별한 시간에 그런 음험한 코멘트를 쓰지만 않았다면 고득점을 노려볼 수 있었을 텐데 말이야.

"그럼 나도……. 신작『순정 헥토파스칼』발매 축하합니다! 카스미 선생님."

"고마워……. 뭐, 발매는 꽤나 늦어졌지만 말이야."

"그리고 사인도 감사해요! 이야, 이번에는 정말 힘들었어요! 지금까지는 서점 오픈 두 시간 전에 줄 서면 1등을 할 수 있었는데, 이번에는 앞에 다섯 명이나 있더라고요. …… 엄청 분했지만, 거꾸로 말하면 그 만큼 카스미 우타코의 인기가 높아졌다는 뜻이고, 같이 줄서 있던 사람들과 카스미 우타코 토론을 뜨겁게 나눌 수 있어서 좋았어요!"

"그렇게까지 고생해가면서 줄 서지 않더라도 사인이라면 얼마든지 해줬을 거야."

"무슨 소리 하는 거예요, 선배! 전철 첫 차로 와야 손에 넣을 수 있는 정리권, 구매한 책 숫자로 거의 승부가 갈리는 추천, 몇 번을 걸어도 연결되지 않는 전화 접수……. 그런 높은 허들을 뛰어넘은 끝에 겨우 손에 넣은 사인이라서 가치가 있는 거라고요! 지인이라는 이유로 간단히 사인을 받아놓고 신자를 자처할 수는 없다고요!"

"……너는 여전히 윤리 군이구나."

자, 이쯤에서 스포일러를 날리겠습니다.

이 햄버거 가게가 있는 곳은 와고 시.

그것도 쵸분도 서점 와고 시 지점에서 도보 1분 거리.

즉, 현재 이곳에서는 쵸분도 서점 와고 시 지점에서 자주 열리는 『신작 발매 기념, 카스미 우타코 선생님 사인회』가 끝난 후 뒤풀이 파티 같은 자리가 열리고 있었다.

"그건 그렇고 엄청 팔렸네요……. 카운터 앞에 줄 선 사람 중 90퍼센트가 『순정 헥토파스칼』 들고 있는 걸 보고 전율했다니까요."

"사인회 당일이잖아……. 게다가 여기 매상은 믿을 수가 없어."

방금까지 나를 실컷 놀리고 돌아간 마치다 씨의 말에 따르면, 이곳 와고 시는 아키하바라, 진보쵸 다음으로 카스미 우타코 작품이 많이 팔리는 특이한 지역이라고 한다.

뭐, 『사랑에 빠진 메트로놈』뿐만 아니라 이번 작품의 무대이기도 하니 당연하다면 당연한 거겠지만 말이다.

"슬슬 감상이 트위터에 올라올 시간이네……."

"나는 아직 안 볼 거야. 발매 초기의 감상 중에는 이상한

게 많잖아."

"맞아요! 다 읽지도 않았으면서 첫 인상만 가지고 작품을 깎아내리는 녀석이 있으니까요. 그리고 일부러 거짓 정보를 흘리는 녀석이나, 치명적인 스포일러를 날리는 녀석도 있다고요."

"맞아……. 끝까지 다 읽어보면 그런 의도로 쓴 게 아니라는 걸 알 수 있을 텐데, 중간까지의 전개만 보고 재미없다는 둥, 쓰레기라는 둥 같은 소리를 해대. 심지어 거짓말을 확산시켜서 아직 읽지 않은 사람들에게 부정적인 인상을 심어주려고 하지……. 그저 자신이 주목받고 싶은 마음에, 영혼을 담아 작품을 쓴 작가를 제물로 삼으려고 하는 녀석들은 전부 이 세상에서 사라져버리면 좋을 텐데 말이야……."

"진심으로 동감하지만, 그런 말은 좀 작은 목소리로 하라고요!"

경력을 쌓은 중견급 작가가 되면 이런저런 고생을 많이 하는 것 같네…….

뭐, 그건 제쳐두고…….

"젠장, 나도 오늘 안에 블로그에 감상문을 올리고 싶어요……!"

"그러고 보니 요즘 『TAKI의 HP^너』가 전혀 갱신되지 않았지? 사람들의 뇌리에서 잊히지 않았으면 좋겠는데 말이야."

"맞아요! 그래서 완전 신작이 발매된 지금이야말로 카스미 우타코 팬사이트 관리인 TAKI 부활을 위한 절호의 기회! ……하지만 그러기 위해서는 빨리 책을 읽어봐야 할 텐데…….”

“……윤리 군?”

우타하 선배는 갑자기 의아한 표정을 지으며 나를 쳐다보았다.

“아아, 빨리 읽고 싶어서 미치겠네…….”

“…………”

뭐, 저렇게 쳐다보는 이유는 명백했다.

“저, 저, 저기, 우타하 선배?”

“……왜?”

“지, 지금, 좀 읽어봐도 돼요……?”

그렇다. 좀 전부터 눈앞에 있는 사인본을 펼쳐 컬러 일러스트를 보고는 한숨을 내쉬며 책을 덮고, 페이지를 대충 넘겨보다 삽화를 발견해서 허둥지둥 눈을 감는, 거동수상자^내가 눈앞에 있기 때문이다.

“여자와 함께 있으면서 독서를 우선시하는 남자가 이 세상에 존재하다니…….”

뭐, 방금 밸런타인 초콜릿을 준 상대에게 그런 소리를 듣는 녀석은, 나조차도 이 세상에서 사라지는 편이 나을 거라고 생각한다.

“카, 카스미 우타코의 신작만 아니었다면 이런 소리를 안

할 거라고요."

하지만 오늘은 어쩔 수 없다. 상황이 너무 특수하기 때문이다.

"카스미 우타코의 신작이 눈앞에 있다면 누구나 나랑 같은 소리를 할 걸요?"

그것도 그럴 것이, 이렇게 특별한 날은 1년에 서너 번밖에 없는 것이다.

"그, 그리고 내가 이 책을 얼마나 기다렸는지 알아요?! 아니, 뭐, 반쯤은 자업자득이지만! 그래도 이 책을 가장 기다린 사람은 바로 나라고요!"

그리고 이번에는 거의 열 달 만에 이런 날을 맞이한 것이다……. 이 굶주림은 상상을 초월했다.

안 그래? 토O시와 나가O의 팬이라면 내 마음을 이해할 수 있을걸?

"……여전히 천연 작가 지골로네."

잠시 동안 나를 노려보던 우타하 선배는 결국 쓴웃음 섞인 미소를 지었다.

이래야 평소에는 속이 시꺼멓지만 중요한 순간에는 상냥한 선배, 카스미가오카 우타하다.

그리고 항상 팬을 소중히 여기는 작가, 카스미 우타코인 것이다.

"그럼 나는 평소처럼 잠시 졸고 있을 테니까, 하고 싶은

대로 해."

"고마워요⋯⋯ 우타하 선배."

드디어 신께서 허락하셨다.

그리고 내 기합은 이미 풀 스로틀 상태다.

자아, 읽어보자고오오오오오오오옷~~~!

　　　　　　　※　※　※

"⋯⋯⋯⋯⋯."

"⋯⋯풉."

"⋯⋯⋯⋯⋯."

"푸핫⋯⋯."

"⋯⋯⋯⋯⋯."

"크, 크, 크⋯⋯ 푸하하하하하핫!"

"⋯⋯지금, 몇 페이지 읽고 있어?"

"유, 64페이지⋯⋯ 푸, 풉, 크크크⋯⋯."

"아, 거기구나. 그 부분이 어떻게 정리되는가 하면, 주인 공이 교무실에 쳐들어가는데⋯⋯."

"말하지 마요오오오오오옷?!"

　　　　　　　※　※　※

"그건 그렇고, 표지는 물론이고 삽화도 정말 좋네요……. 전작과 달리 꽤 모에한 느낌이지만, 작품과 잘 조화를 이루고 있는 것 같아요."

"뭐, 그렇기는 해. 신인이기는 하지만, 좋은 일러스트레이터야."

"실은 나도 요즘 들어 이 일러스트레이터를 주목하고 있었어요!"

"참고로 말하자면 엄청 잘생긴 대학생인데 바람둥이라는 소문이 있어."

"……만난 적 있어요?"

"응."

"그럼…… 어땠어요?"

"그야, 뭐…… 상상에 맡길게."

"아……."

"…………"

"…………"

"후후……. 윤리 군도 만나보면 분명 놀랄 거야."

"작품외적으로도 나를 뒤흔들려고 하지 말라고요!"

※　※　※

"…………"

"……윽."

"…………."

"훌쩍……."

"…………."

"으, 으, 으…… 힉, 으, 흑…… 흐흑."

"자, 휴지."

"고, 고마, 미안…… 흐, 흑, 으, 흐흑……."

"저기, 일단 나는 장르를 코미디로 생각하고 썼는데 말이지."

"하, 하지만, 하지만, 이 주인공, 너무 좋은 녀석…… 흐, 흐흑, 우, 우에에에에엥……."

"……풉."

※　※　※

"세 시간이나 방치해서 죄송합니닷!"

"……사과는 나에게 하는 것보다 이 가게에 해야 하지 않을까?"

"그, 그것도 그러네요!"

현재 시각은 오후 여섯 시. 슬슬 저녁 식사를 할 시간이다.

음료만 시켜놓고 네 시간 넘게 자리를 차지한 걸로 모자라, 라이트노벨을 읽으면서 괴상한 리액션을 잔뜩 해댄 중증 오타쿠를 점원들이 어떻게 생각할지는 뻔히 상상이 되었다.

"뭐, 나는 방치 플레이에 익숙해⋯⋯. 그것도 눈앞에 먹잇감을 놔둔 상태에서의 방치 플레이 말이야."

"⋯⋯농담이죠?"

"당연히 농담이지."

"그렇게 간단히 인정할 거면 처음부터 그딴 농담 하지 말라고요!"

겨, 결코 짐작 가는 데가 있어서 당황한 건 아니라고!

"정말, 항상 재미있게 읽어주네."

그런 소악마 같은 농담을 하며 턱을 괸 우타하 선배는 장난기 섞인 미소를 머금은 채 내 얼굴을 쳐다보았다.

결국 『잠시 졸고 있겠다』고 아까 말했던 우타하 선배는, 내가 에필로그를 읽을 때까지 졸기는커녕 자리에서 엉덩이 한 번 떼지 않은 채 그저 내 얼굴만 쳐다보고 있었다.

"그야 즐겁고, 재미있고, 눈물 나게 하는 책이니까요!"

"그래?"

"정말 재미있었어요⋯⋯. 역시 카스미 우타코는 조금도 변하지 않았네요."

"전혀 성장하지 않았다는 거야?"

"그런 뜻이 아닌 걸 알잖아요. 문장력이라든가 흡인력 같은 게 예전보다 더 엄청나진 느낌도 들지만, 솔직히 말해 내가 그런 테크닉에 관한 이야기를 해봤자 전혀 설득력이 없잖아요?"

"그래? 너도 어엿한 크리에이터 중 한 명이잖아."

"그런 내가 아무리 손을 뻗어도 닿지 않는 곳에 카스미 우타코가 있다고요!"

이번 신작은 예전 작품만큼 눈물이 나지는 않았다. 아니, 그래도 꽤나 울기는 했지만 전작보다 가볍고 따뜻했다.

"그런데도 변하지 않았다고 말한 건, 카스미 우타코의 본질이랄까…… 아무튼, 읽으면서 정말 기분 좋았어요. 『사랑에 빠진 메트로놈』 때와 마찬가지로요."

그렇다. 그래도 변하지 않았다는 사실이 기뻤다.

가볍고 따뜻하지만, 숨도 못 쉴 정도의 수라장이 언제 펼쳐져도 이상하지 않을 전개였다.

읽는 이의 기분에 맞춰주면서도 때로는 밀쳐내고, 마치 핀볼이라도 하듯 독자의 감정을 뒤흔든다. 하지만 결국 다 읽은 후에는 개운한 기분이 마음속에 남는다.

"역시 정말 끝내줘요! 진짜로 끝내준다고요, 우타하 선배! 이거야 말로 카스미 우타코의 진면목이에요!"

"……너도 변하지 않았네."

"……우타하 선배?"

우타하 선배는 또 내 얼굴을 지그시 쳐다보았다.

하지만 그녀의 입가에는 아까와 달리 장난기 어린 미소가 존재하지 않았다.

"졸업하고 나면, 이런 모습을 볼 수 없겠지?"

아주 약간의 괴로움, 그리고 쓸쓸함……

그런 어른의 맛이 그녀의 얼굴에서 배어나오고 있는 것만 같았다.

"나, 다음 사인회에도 꼭 갈 거예요. ……그 다음에도, 그리고 그 다음에도요."

"윤리 군……."

"응모방법이 제 아무리 골 때리더라도, 반드시 당첨될 거예요. ……그러니까 선배도「끈질긴 팬 때문에 짜증나서 앞으로는 사인회 같은 거 안 할 거다.」같은 소리는 절대 하지 말아요."

"나를 짜증나게 만들 거라는 가능성이 담긴 발언 좀 하지 마……."

앞으로 일주일 후, 우타하 선배는 3년 동안 다닌 토요가사키 학원을 경사스럽게도 졸업한다.

그리고 오늘, 신작인 『순정 헥토파스칼』이 경사스럽게도 출간되었다.

앞으로는 대학에 다니면서 소설가로서의 캐리어를 쌓아나갈 것이다.

다수의 시리즈를 집필하면서, 지금 이상의 인기 작가로 성장할 것이다.

언젠가는 선배가 쓴 작품이 애니메이션화될 것이다. 애니메이션 시리즈 구성과 각본 등에도 참가하면서 「그 때 가벼운 마음으로 맡는다고 하지 말걸 그랬다.」하고 투덜댈 만큼 바빠지리라.

시간도, 장소도, 지위도, 서서히, 서서히, 멀어지게 될까…….

왠지, 왠지 말이야…….

그게 엄청, 기쁘면서도, 마음 한 편으로, 싫어.

카스미 우타코의 신작은 빨리, 그리고 잔뜩 읽고 싶다.

하지만 함께 게임도 만들고 싶다.

카스미 우타코를 계속 동경하고 싶다. 영원히 팬이고 싶다.

하지만 카스미가오카 우타하와 함께 노력하고 싶다. 영원히 동료이고 싶다.

알고는 있었지만…….

나는, 우타하 선배에게 지나치게 어리광을 부리고 있어.

너무 많은 걸, 원하고 있다고…….

　　　　　　※　※　※

"으윽, 추워……."

"금방이라도 눈이 내릴 것 같네."

독서회와 감상 발표회, 그리고 겸사겸사 저녁 식사를 주문해서 너무 오랫동안 자리를 차지하고 있었던 햄버거 가게 측에 조금이나마 감사의 마음을 표현한 후…….

밖에 나와 보니 겨울밤은 꽤나 깊어가고 있었다.

우리는 아무 말 없이 역으로 향했다. ……뭐, 걸어서 3분도 채 걸리지 않는 거리니까 이야기를 나눌 시간도 없지만 말이다.

"저기, 선배는 다음 주 초에 학교에 올 거예요?"

하지만 역 앞 공원에 들어가 곧 개찰구 앞에 도달하게 되었을 즈음, 나는 문득 생각난 것처럼 우타하 선배에게 질문을 던졌다.

"글쎄……. 다음에 등교하는 건 졸업식 날일지도 몰라."

"그렇군요……."

그리고 통감했다.

이제 우타하 선배와 학교에서 『당연한 듯이』 얼굴을 마주할 일이 없다는 사실을 말이다.

"윤리 군은 졸업식에 올 거야?"

"선배가 졸업생 답사를 읽는다면 보러 갈 거예요."

"어머나, 윤리 군이 송사를 읽는다면 한 번 생각해볼게."

"내 성적과 교내 평판을 알면서도 그런 소리를 하는 거예요?"

"너야말로 나의 교내 평판을 잘 알잖아?"

결국 마지막 기말 시험에서도 선배는 전교 1등을 사수했다.

하지만 졸업생 대표로 선정되지 않은 것은 이지적인 외모와는 상반되는 성격, 그리고 출석일수 때문이리라.

"그럼 지금 말해둘게요…… 우타하 선배, 졸업 축하해요."

"고마워…… 이제 윤리 군과 같은 학교에 다닐 수 없는 거네."

"윽…… 그렇, 네요."

방금 자신이 느낀 적막감의 정체를 선배에게 들은 순간, 내 몸 어딘가가 따끔거렸다.

"그럼 내년에 우리 대학에 들어올래?"

"절대 무리예요. 그리고 나, 진학할지 말지도 아직 정하지 않았다고요."

"그랬지……."

우타하 선배는 고교 졸업 후, 소오 대학교로 진학한다.

그 대학교는 도쿄에 있고 선배는 지금처럼 자택에서 학교를 다닐 예정이니, 마음만 먹으면 매주 만날 수도 있으리라.

하지만, 매일 만나는 것은……

"우, 우타하 선배는……."

"응?"

"…………대학에 들어간 후에는 어쩔 거예요?"

결국 묻고 말았다.

아니, 오늘 안에 확인해야만 했는데도, 지금까지 묻지 못했다고 표현하는 편이 정답일지도 모른다.

그것은 바로, 우리의, 미래…….

……아, 정확하게 말하자면 우리가 소속된 『blessing software』의 미래다.

"글쎄……."

"……."

내 질문을 들은 선배는 고개를 갸웃거리며 생각에 잠긴 후…….

"테니스 서클이면서 테니스는 전혀 하지 않고 미팅만 하러 다니는 서클에 들어가서, 수면제가 들어간 술을 마신 후 그대로 테이크아웃 당하는 일상을 보내게 되려나?"

"그럴 생각이 없다는 건 잘 알지만, 그래도 그런 말 좀 하지 말라고요!"

역시, 평소와 마찬가지로 독설을 뱉었다.

"뭐, 『순정 헥토파스칼』은 한동안 계속될 거야. 그리고 대학생은 한가하니까 작가 활동에 전념할지도 몰라."

우타하 선배는 이제 곧 졸업하며, 그와 동시에 나와 작별하게 된다.

하지만 선배는 그런 현실을 얼버무리는 듯한 발언을 계속했다.

"그, 그럼…… 우리 서클 쪽은 어떻게 할 거예요……?"

"…………."

그래서 나는 무례한 짓이라는 걸 알면서도 아무 것도 눈치채지 못했다는 태도를 관철했다.

"뭐, 지금까지처럼 매일 같이 얼굴을 내미는 게 무리라는 건 알아요."

내 욕심을 우선하며 선배에게 선택을 강요했다.

"하지만 그래도 서클 졸업생이 아니라, 정식 서클 멤버로 남아주면 안 될까요?"

나 또한 이게 억지라는 건 안다.

비정상적이라는 것도 안다.

그래도, 이것이 내 솔직한 마음이다.

"실은 다른 데서도 오퍼가 들어왔어. ……『cherry blessing』의 시나리오 담당이 나라는 소문이 퍼졌는지 모 대형 게임메이커에서 연락을 해왔지 뭐야."

"전부 다 써달라고는 하지 않을게요. 루트 하나만이라도, 아니면 서비스 시나리오만이라도 괜찮아요."

왠지 어디에서도 절대 발설해서는 안 될 것 같은 특급 정보를 들은 듯한 느낌이 들었지만, 지금은 그런 것에 신경 쓸 때가 아니다.

"시간이 많이 걸려도 상관없으니까…… 우리의 다음 작품에도 참가해주지 않겠어요?"

"……."

내 끈질긴 태도에 질렸는지 우타하 선배도 더 이상 독설로 이야기를 얼버무리려 하지 않았다.

나와 마찬가지로 진지한 표정을 짓고, 나와 마찬가지로 상대를 응시하며, 나와 마찬가지로 조용히 입을 열었다.

"다음 작품은…… 이미 구상이 끝났어?"

"그건…… 이, 일주일 안에 완성할 수 있어요!"

"그럼, 다음 작품을 만든다고 쳐. 그런데 그 작품의 원화는 누가 담당할 거야?"

"예……?"

"또 사와무라 양을 기용할 거야? 지금의 네가 할 수 있을까?"

"우, 우타하 선배……?"

하지만 그녀의 입에서는 내가 전혀 예상하지 못한 이름이 나왔다.

"눈치챘어? 사와무라 양은 올해 들어서 그림을 한 장도 그리지 못했어."

그것도 그럴 것이 그 녀석은, 눈앞에 있는 여성의 천적이다.

　"그녀가 이렇게 오랫동안 그림을 그리지 않은 적이 지금까지 단 한 번이라도 있었어?"

　두 사람은 얼굴을 마주할 때마다 으르렁거렸고, 서로를 헐뜯었으며, 사이좋게 다퉜다.

　"네가, 그걸 용납하고 있는 거야."

　그리고 그것은 올해 들어서도 마찬가지다.

　"아, 아니, 하지만, 그 녀석은 지금 슬럼프라서……."

　"그럼 언제 그 슬럼프를 극복할 거야? 얼마나 기다리면, 그녀는 카시와기 에리로 돌아올 수 있는 거야?"

　"그건……."

　"연말의 일은 어쩔 수 없었다고 생각해. 그때 그녀는 꽤나 궁지에 몰려 있었고, 건강도 해쳤어."

　그래서 우타하 선배가 이렇게 진지하게 에리리를 신경 쓰고 있다는 것을…….

　카시와기 에리에게, 이렇게까지 얽매여 있다는 사실을, 전혀 눈치채지 못했다.

　"그래서 나는 겨울 코믹마켓에서의 일로는 그 누구도 원망하지 않아. ……또 한 명의 흑발 롱헤어는 그렇지 않은 것 같지만 말이야."

　평소 같으면 「또 한 명의 흑발 롱헤어는 대체 누구예요?!

대체 누가 원망하고 있는 거냐고요!」 같은 소리를 했을 것이다. 하지만 지금은 그런 말을 할 분위기가 아니었다.

"하지만 지금은 한 달 이상의 시간이 있었는데도 그림 한 장 완성하지 못했어. 다른 피치 못할 사정이 있는 것도 아냐. 그런데도 그림을 그릴 수 없는 거라면, 이제 창작 활동은 할 수 없는 거나 마찬가지야."

그 사실은, 선배가 말해주지 않아도, 나 또한 알고 있다…….

"나, 나…… 이 서클을 계속 해나가고 싶어요."

아니, 아마 에리리 또한 눈치채고 있을 것이다.

"그렇기 때문에 고민에 빠진 멤버에게 무리를 강요하고 싶지 않아요."

"목표도 없고, 마감도 강요하지 않으며, 그리고 싸우지도 않는…… 그런 느슨한 서클을 어설프게 계속 운영할 생각이야?"

"하지만 나는 지금까지 멤버들에게 무리를 강요했다고요. 나는 아무 것도 하지 않으면서, 남들에게 떠넘기기만……."

"그게 프로듀서의 권한이잖아. 그게 디렉터의 일이잖아."

하지만 예전의 나라면 절대 하지 않았을 무기력 이론이, 그 누구보다도 자기 자신에게 엄격한 우타하 선배에게 먹힐 리가 없었다.

"그래서 나는 너의 무리한 요구에 응해왔던 거야……!"

"윽……."

작년 11월. 문화제 주말.

둘이서 이틀 동안 밤샘을 하면서 모든 루트를 수정했을 뿐만 아니라, 루트를 하나 추가했다.

그 과정에서 바보처럼 깔깔 웃고, 화내고, 울고, 고함쳤다.

그런 뜨겁고, 바보 같고, 시끌벅적하며, 그리고 충실했던 나날은…….

이제 머나먼 옛날 일처럼 내 기억 속 깊은 곳으로 가라앉고 있었다.

"왜 그녀『만』은 그렇게 과보호하는 거야? 사와무라 에리리는 네가 그러는 걸 기뻐할지도 모르지만…… 카시와기 에리에게 있어서도 그게 행복일 거라고는 도저히 생각할 수 없어."

"예? 선배, 혹시……?"

"나는…… 가능하다면, 또 그녀와 함께 작품을 만들고 싶어."

"아……."

어쩌면 나는 지금 카스미 우타코의 본질을 접하고 있는 것일지도 모른다.

그녀에게 영향을 끼친 작품, 존경하는 크리에이터, 창작의 모티베이션.

그녀의 팬이라면 군침을 돌 만큼 탐나는 비밀을 알게 된 것일지도 모른다.

"한 번 더, 카시와기 에리의 그림과 함께, 『cherry blessing』을 뛰어넘는 작품을 만들고 싶어."

하지만 선배, 너무 비겁하잖아요.

나는 카스미 우타코가 카시와기 에리의 광팬이라는 걸 상상도 못했다고요…….

"아……."

"……눈이 내리기 시작했네."

드디어 내리기 시작했다.

1년 전과 마찬가지로, 이 공원에서.

1년 전의, 그때처럼.

『사랑에 빠진 메트로놈』의 최종권에 대한 견해 차이로 우타하 선배와 결별했던, 바로 그때처럼.

우타하 선배의, 신작 발매를 축하하는 자리였는데.

우타하 선배의, 졸업과 새로운 출발을 축하하는 자리였는데.

우타하 선배의, 예전과 다름없는, 서클 멤버로서의 현재를 축하하는 자리였는데.

방금, 밸런타인 초콜릿을 받았는데.

아까까지만 해도, 함께 웃고 있었는데.

그리고 이것이, 고등학생인 선배와 나누는 마지막 대화가 될지도 모르는데…….

겨우 몇 시간 전의 일이, 마치 내 꿈 혹은 허구였던 것처럼, 지금의 내 눈앞에는 차갑고 혹독한 현실이 펼쳐졌다.

제3장

잘 봐. 적당주의라는 말은 이럴 때 쓰는 거라고

"자, 토모야 군. 조금 늦었지만 밸런타인 초콜릿……."

"어이어이어이, 스톱! 스톱이라고, 이오리!"

장소는 우리 집에서 가장 가까운 전철역에서 두 정거장 정도 떨어진 곳에 있는 역 앞 커피숍.

시각은 방과 후 오후 네 시.

그리고 오늘은 2월 마지막 주의 평일.

"그렇게 과잉 반응할 건 없잖아. 우리는 원래 절친이었잖아? ……뭐, 이게 이즈미가 나한테 맡긴 초콜릿이라는 사실을 의도적으로 감춘 건 인정할게."

"나중에 와서 인정하지 말고, 처음부터 그런 농담을 하지 말라고!"

평소 같으면 서클 활동에 힘쓰거나, 자택에 쌓여 있는 오타쿠 아이템을 소화하느라 바쁠 시간대에, 마주 앉은 남자애로부터 초콜릿을 받은 것이다. 그 탓에 전율한 나는 식은

땀과 가슴 떨림을 필사적으로 진정시켰다.

"뭐, 사실 직접 건네주고 싶었던 것 같지만 공교롭게도 이번 주에 도립 고교의 입학 시험을 치르거든."

"아, 이즈미는 도립 고교에 가는 구나. ……힘내라고 전해 줘."

조금 가볍기는 하지만 듣기 좋고, 느끼하면서도 맑은 목소리.

약간 곱슬곱슬한 갈색 머리카락, 키가 크고 날씬한 체형.

평범한 교복인 블레이저마저도 너무나 잘 어울려서, 표준 이하 남성 입장에서 본다면 짜증날 정도로 폼 나는 미남.

하지만 내면은 나와 마찬가지로 중증 오타쿠이며, 나를 아득히 능가할 만큼 뛰어난 오타쿠 계열 프로듀서.

초인기 셔터 서클 『rouge en rouge』 2대 대표, 하시마 이오리.

중학시절 내 동급생이자, 내 오타쿠 계열 애제자인 하시마 이즈미의 세 살 터울인 오빠다.

"뭐, 전해주기는 하겠지만 너무 늦은 거 아냐? 너는 이즈미가 필사적으로 밤늦게까지 공부할 때 메일 한 통, 간식 하나 보내는 건 고사하고, 눈곱만큼의 걱정이나 흥미도 보이지 않았잖아. 그런데 이제 와서 겉치레 같은 응원을 해봤자 역효과일 것 같은데?"

"죄송합니다. 잘못했습니다. 여동생 분에게 무지 실례되는 짓을 하고 말았습니다!"

참고로 「이 녀석, 혹시 여동생 바보 아닐까?」 의혹이 증폭 중이다.

"그런데 무슨 일이야? 네가 이즈미의 초콜릿을 전해주려 는 이유만으로 나에게 연락을 했을 것 같지는 않은데 말이 야."

"뭐, 위문 겸 적진 시찰을 왔다고나…… 할까?"

이오리는 별 것 아닌 이야기를 나누면서도 앞 머리카락을 쓸어 올리거나, 안타까움 섞인 시선을 대각선 아래쪽으로 보냈다. 그리고 음란한 손놀림으로 컵 가장자리를 매만지는 등, 그의 행동 하나하나는 전부 짜증거리였다.

그리고 컵 가장자리는 매만지는 곳이 아니라 후치코[#1] 같 은 걸 두는 곳이라고.

"여름 코믹마켓 신청 기한, 지났잖아? ……토모야 군의 『blessing software』는 신청 했어?"

"……."

게다가 별 것 아닌 이야기를 하는 척 하면서 교묘하게 날 카로운 질문을 던지기도 했다.

"위탁 1차 출하분도 순식간에 다 팔렸고, 『cherry bless

#1 후치코(フチ子) 컵 가장자리에 걸쳐놓을 수 있는 소형 피규어.

ing』의 인기도 식을 줄 모르잖아? 그러니 2차 출하와 다음 작품에 대한 기대감이 엄청 클 것 같은데?"

"그리고 보니 너희 작품도 위탁 판매 숍에서 날개 돋친 듯이 팔리고 있다면서? 이벤트장에서 그렇게 팔았으면서, 아직도 그렇게 팔리다니……."

이오리의 『rouge en rouge』는 우리와 마찬가지로 일전의 겨울 코믹마켓에서 신작 동인 게임을 선보였다.

『영원과 찰나의 에방질』이라는 제목의 그 게임은 우리가 만든 『cherry blessing』과 마찬가지로 전기(傳奇) 미소녀 게임이라는 장르였다. 즉 우리에게 정면 승부…… 아니, 대놓고 우리에게 싸움을 건 것이다.

그 결과 3000대100이라는 압도적인 차이를 내면서 상대편의 승리…… 아니, 우리의 자멸이라는 형태로 대결은 막을 내렸다.

"뭐, 위탁 쪽에서도 잘 팔리고 있기는 해. 다음 출하 시점에서 총 출하량이 1만에 도달할 예정이야."

"역시 대단하네……."

그리고 제2차 대전이랄까, 그 후의 평가와 위탁 판매라는 새로운 승부의 무대가 시작된 것이다.

"하지만…… 판매방식에 대한 비판이 쇄도하고 있거든. 그래서 우리는 뒷맛이 좀 씁쓸해."

그리고 그 새로운 승부의 무대에서도 우위를 점하고 있

는 이오리는 갑자기 벌레라도 씹은 듯한 표정을 지으며 식은 커피를 홀짝였다.

"그게 무슨 소리야? 또 악랄한 판매 방식이라도 쓴 거야? 각 동인매장의 구매자 특전이 전부 다르다든가, 랜덤 뽑기식 트레이딩 카드를 넣어둔다든가, 혹은 위탁 판매량 교섭에서 너무 세게 나가서 숍 관계자와 다퉜다든가……."

"……마지막 것은 언급조차도 문제가 될 소지가 있다는 점은 일단 제쳐두기로 하고, 이번만큼은 전부 틀렸어."

"그럼 대체 무슨 짓을 한 건데?"

말투로 보니, 역시 이 녀석도 숍 관계자와 다툰 적이 있나 보네…….

"우리한테는 잘못이 없어. 잘못한 건 바로 너희야."

"뭐, 뭐어? 우리가 무슨 잘못을……."

"『cherry blessing』은 현재 품절 상태라서 **어쩔 수 없이** 『영원과 찰나의 에방질』을 사간다……."

"……뭐."

"이 달 들어서 그런 발언이 몇 번이나 우리에게 전해지고 있거든. ……인터넷을 통해서도, 숍 담당자를 통해서도 말이야."

이오리는 또 쓰디쓴 표정을 지으면서 커피를 홀짝였다.

그런 그를 쳐다보고 있는 나는 십중팔구 얼간이 같은 표정을 짓고 있으리라.

"우리 게임이 계속 팔리는 건 너희 덕분⋯⋯이자, 너희 탓이야."

"뭐, 뭐, 뭐~?"

참고로 반응도 얼간이 같았다. 이것은 100퍼센트 확실했다.

"우리는 전설을 돋보이게 하기 위한 들러리, 동냥 서클, 억지 물량 작전 서클, 약소 서클을 핍박하는 대형 서클⋯⋯ 그런 소리까지 듣고 있다고."

"아, 아니, 저기⋯⋯ 진짜야?"

"그래. 마치 우리가 너희를 베낀 악당 같은 취급을 당하고 있다고."

"아니, 기획 단계에서는 진짜로 그랬잖아."

"너희의 소량 출하 상법 탓이야⋯⋯. 이게 의도적인 프로모션이라면 완벽하게 먹혀들었어. 아니, 완전히 당했어."

"일부러 그런 건 아니라고⋯⋯."

1차 출하분이 순식간에 팔려나갔다는 이야기는 들었다.

하지만 그 후 인터넷에서의 평판은 전혀 체크하지 못했다. ⋯⋯아니, 새로운 패키지판으로 머릿속이 가득 차서 체크할 생각도 하지 못했다.

대체 어느새⋯⋯.

"그러니 너와 나의 승부는 아직 끝나지 않았어. 매상 면에서는 이겼지만, 평가 면에서는 그렇지 못한 것 같으니까 말이야……."

"이오리……."

머리가 제대로 돌아가지 않았다.

내가 주변에서 벌어진 일 때문에 정신이 없는 사이, 이 세상 자체가 멋대로 변했다고나 할까.

세상이 우리를 돕고 있다고나 할까.

아니, 아마도…….

카시와기 에리와 카스미 우타코의 힘이 눈 깜짝할 사이에 동인계를 석권…….

"그러니까 여름 코믹마켓의 신작으로 이번에야말로 결판을 내자는 거야. ……당연히 참가할 거지?"

"아……."

그렇다. 이것은 어디까지나 카시와기 에리와 카스미 우타코가 이룬 결과다.

그 외의 선택지가 없었다고 해도 그 두 사람을 기용한 나는, 당시의 나를 칭찬해도 될 만큼 멋진 결단을 내렸다.

"……토모야 군?"

하지만, 다음은…….

에리리는 아직도 그림을 그릴 수 없고, 우타하 선배가 졸업해버린 올해 여름 코믹마켓은…….

"이오리, 나는……."

"설마…… 여름 코믹마켓에 참가 신청을 하지 않았다는

소문은 사실이었던 거야?"

"그 소문, 대체 어디서 흘러나온 거야? 대체 어디냐고. 네 정보망, 너무 무시무시한 거 아냐?!"

그것은 아무리 생각해도 우리 외에는 준비회 쪽만 알 수 있는 정보다.

아니, 평범하게 생각해보면 준비회도 아직은 알 리가…….

"그렇구나. 그래서……."

"이오리?"

하지만 그런 비상식적일만큼 빠른 정보를, 당연하다는 듯이 신용한 이오리는 나에게 확인을 하러 왔다.

그리고 내 자백을 받아낸 이오리는 심각한 표정을 짓더니, 볼에 손가락을 댄 채 생각에 잠겼다.

그 동작이 아니꼬울 정도로 멋져서 짜증이 났지만, 그건 아무래도 상관없었다.

"……저기, 토모야 군."

"왜, 왜?"

"아카네 씨를 조심해."

"……뭐?"

그리고 진지한 표정을 짓고 있는 이오리는 완전히 느닷없이, 그야말로 뜬금없는 충고를 했다.

"아카네 씨라니…… 어? 그 코사카 아카네 말이야?"

"……그래."

매 이벤트마다 다른 여자를 달고 다니는 이오리가 애칭이 아니라 본명으로 부르는 사람은 결코 많지 않다.

그리고 그 중 한 명이 바로 그『아카네 씨』인 것이다…….

"왜 코사카 아카네를 조심하라는 거야? 그 사람은 이미 『rouge en rouge』에서 은퇴했잖아?"

"응, 그렇기는 한데……."

코사카 아카네……. 서클『rouge en rouge』를 초 인기 셔터 서클로 키운 후, 그 인기를 계속 유지시켜 온 대단한 능력을 가진 동인 작가.

"……설마 그 사람, 서클에 복귀하는 거야? 그렇게 많은 일을 소화하면서?!"

"아니, 그게, 뭐…… 자세한 건 말할 수 없어."

실력과 인기를 겸비한 그런 사람이 동인계에 계속 머무를 리가 없다. 상업 쪽에서도 직접 만화를 그리고, 수많은 매체에 원작을 제공했으며, 그뿐만 아니라 애니메이션 시리즈 구성과 캐릭터 디자인 등 거의 모든 콘텐츠를 망라하고 있다. 애니메이션의 각 분기마다 이 사람이 참가한 작품이 무조건 하나 이상 존재한다는 말이 돌 만큼, 엄청난 양의 일을 해대는 초 인기 작가다.

"잠깐만……. 그렇게 돈을 잘 벌면서 동인에 돌아오려는 거야?"

"……오해하고 있는 사람이 많은데, 아카네 씨는 돈에 거의 관심이 없어."

"그럼 더 이상하잖아. 대체 뭐 때문인데?"

이오리로서는 자신의 서클에 강한 영향력을 지닌 관계자이니 신경 쓰는 게 당연하겠지만, 왜 나한테까지 조심하라고 하는 것인지 이해가 되지 않았다.

"즉, 그녀가 관심을 가지고 있는 건 다른 거야……."

"그것만으로는 알 수 없어. 코사카 아카네는 혹시 엄청 이상한 사람인 거야?"

그런 생각을 하는 것도 무리는 아니다. 왜냐하면 나에게 있어…… 아니, 대부분의 오타쿠에게 있어 그녀는 그야말로 구름 위의 존재다. 나와 이오리의 다툼 같은 것은, 손오공을 쳐다보는 부처님의 시선으로 보고 있는 존재인 것이다.

"미안하지만 더는 말해줄 수 없어, 토모야 군. 네 힘으로 최선을 다해 어떻게든 해봐."

"아니, 그 코사카 아카네가 상대라면 나 따위가 어떻게 할 수 있을 리가 없잖아."

"……뭐, 그럴지도 몰라."

하지만 이오리는 그렇게 의미심장한 소리를 했으면서도 자세한 설명은 하지 않았다. 그리고 우려 섞인 표정을 지으며 말끝을 흐렸다.

"미안해, 토모야 군. 솔직하게 말해주지 못해서 정말 미안해."

"이오리……."

……그건 그렇고, 저런 망설임 섞인 태도가 이 녀석에게는 왜 이렇게 잘 어울리는 걸까? 내가 저랬으면 『우유부단한 머저리 주인공』이라는 매도나 당했을 것이다.

※　※　※

"추워……."

"금방이라도 눈이 내릴 것 같네."

"저기, 그건 얼마 전에 써먹었어."

커피숍에서 나와 보니 해는 꽤나 저물어 있었다.

"그럼 토모야 군. 나는 이쪽 방향이야."

"그렇구나……. 다음에 또 봐."

역 개찰구를 지나 플랫폼으로 향하는 계단 앞에서 우리는 작별 인사를 나눴다.

"또 봐, 인가……."

"왜 그래? 내가 무슨 이상한 소리라도 했어?"

"아니, 이제야 「두 번 다시 내 눈앞에 나타나지 마.」라는 말을 듣지 않게 되었다는 생각이 들어서 말이야."

"나, 예전에도 그렇게 심한 말은 한 적 없다고."

"괴롭힌 녀석은 자신이 어떤 식으로 남을 괴롭혔는지 기억하지 못하는 법이지."

"나를 나쁜 놈 취급하지 말라고⋯⋯."

웃음을 흘린 이오리는 손을 흔들면서 천천히 계단을 올라갔다.

너무 늦게 눈치챈 것일지도 모르지만⋯⋯.

나와 동인업계에 대한 생각이 다를 뿐, 이 녀석도 딱히 나쁜 녀석은 아니라고 생각한다.

그뿐만 아니라 작년 연말에는 다 갚을 수 없을 정도의 빚을 지고 말았다.

⋯⋯뭐, 때때로 내추럴하게 짜증나는 녀석이기는 하지만 말이다.

"저기, 토모야 군."

"응?"

이오리의 목소리를 듣고 고개를 돌려보니, 그는 계단 중간에 선 채 나를 쳐다보고 있었다.

"여름 코믹마켓에는 참가하지 않더라도, 서클은 계속 해."

"이오리⋯⋯?"

"그 장소를 계속 남겨두란 말이야."

"네, 네가 그런 소리 안 해도⋯⋯."

"정말이지? 기대해도 되는 거지?"

"너⋯⋯."

그건 지금까지의, 내가 원치 않는 싸움에 끌어들이기 위해 했던 억지스러운 선전포고가 아니었다.

그것보다도, 뭐랄까…… 아니, 내 생각이 지나친 걸지도 모른다.

하지만.

마치, 작별 인사를 하는 것 같은…….

"아, 맞다……."

"이번에는 뭐야?"

"『cherry blessing』, 플레이해봤어."

"그랬구나……. 고마워."

"마지막 루트의 그 억지스러운 해피엔딩…… 그건 카스미 우타코가 쓴 게 아니지?"

"……어떻게 알았어?"

"나 말이야. 옛날에 네가 이즈미에게 연재 형식으로 보낸 리틀랩2의 팬픽 시리즈를 읽었는데……."

"그만해그만해그만해그만해애애애애애애~~~~~!!!"

"그때나 지금이나 토모야 군의 작풍은 전혀 변하지 않았네……. 뭐, 전혀 성장하지 않았다고도 할 수 있으려나…… 아하하하하."

"두 번 다시…… 두 번 다시 그때 일을 입에 담지 마아아아아~~~!!!"

역시 방금 한 말은 취소해야겠다.

남이 머나먼 기억 속에 봉인해둔 흑역사를 느닷없이, 아무런 의미 없이 꺼내는 이 남자를, 나는 평생 용서할 수 없다…….

※　※　※

"젠장, 진짜로 내리기 시작했잖아……."

이오리와 헤어진 후, 집에서 10분 거리까지 왔을 즈음, 그 녀석의 예언대로 눈가루가 하늘에서 상냥하게…… 아니, 진눈깨비에 가깝네.

슬슬 2월도 끝나려 하고 있는데, 지난 주말에 이어 오늘도, 게다가 인도어파인 내가 외출했을 때만 눈이 오다니……. 왠지 이 세계나 하느님 같은 존재에게서 뿜어져 나오는 악의가 느껴지는 것만 같았다.

젠장. 집까지 전철로 두 정거장 거리밖에 안 되는지라 국도를 따라 걷기로 한 것은 나의 치명적인 실수…… 아니, 분명 이 행동도 정체 모를 무언가의 의지에 의한 것이 분명하다. 틀림없다.

"좀 서두를까……."

하지만 심장을 터지게 만드는 탐정 언덕 앞에 있는 신호등이 눈에 들어오자, 조금이지만 의욕이 상승했다.

눈이 내린다고 하늘을 보며 기뻐하거나, 갑자기 눈싸움을 시작하거나, 갑자기 온천에 가고 싶어지는 취미가 없는 나는 일단 피해를 최소한으로 줄이기 위해 발걸음을 서둘렀다.

……그런 결의를 하면서 걸음을 서두른 순간 신호등 불빛이 빨간색으로 바뀐 것은 양식미 같은 것이리라.

나는 어쩔 수 없이 눈을 피하기 위해 근처 편의점 처마 밑으로 이동한 후, 주위를 둘러보았다.

"어? ……파미르잖아."

그 옆에 있는 커다란 창문이 달린 건물을 본 나는 반가운 느낌이 들었다.

창문을 통해 안쪽을 보니, 그렇게 많지 않은 손님과 느긋하게 일하고 있는 종업원들의 모습이 눈에 들어왔다.

이 패밀리 레스토랑 『파미르』는 작년까지 내가 아르바이트를 했던 가게다. ^{2권 제장}

"……치프, 아직도 있구나."

이곳은 역으로부터 어중간한 거리인데다, 부지가 좁은 탓에 국도 근처인데도 주차장을 확보하지 못해 「1년 이상 버틴 가게가 없다」는 소리를 듣던 장소다. 하지만 『파미르』는 이 악마의 로케이션에서 과감하게도 영업 2년차에 돌입하는 쾌거를 달성했다.

그렇게 돈을 많이 버는 것 같지는 않던데, 정말 괜찮은 걸까…….

"아, 사카자키 씨와 타카미자와 씨, 사쿠라이 씨도 있어……. 저 사람들도 아직까지 하고 있네."

가게 안을 둘러보니 내가 일할 때 있던 멤버들이 지금도 즐겁게 잡담을 나누면서 느긋하게 일하는 모습이 보였다.

뭐, 나도 서클 때문에 바빠지지만 않았다면 계속 일하고 싶다고 생각할 만큼 일할 맛 나는 가게였으니 당연한 걸지도 모른다.

그것도 그럴 것이 손님이 많지 않기 때문에 항상 청결했고, 붐비지 않기 때문에 한 명 한 명의 손님에게 집중할 수 있어 클레임이 적었다. 게다가 손님의 회전율이 너무 나빠 주문이 들어오지 않기 때문에 여러모로 편했다. 그야말로 종업원들이 스트레스를 받지 않는 최고의 환경인 것이다.

……이 가게, 진짜로 계속 운영해도 괜찮은 거야?

"그래. 오래간만에 인사라도……?!"

비, 아니 눈을 피하며 잠시 동안 시간을 때우기 위해『파미르』로 향하던 내 시야에…….

"카…… 카토?"

그렇다. 전혀 예상하지 못한 인물이 들어왔다.

게다가 창가, 그것도 내가 서있던 장소의 바로 앞에 말이다.

전혀 눈치채지 못했어……. 존재감 없는 건 여전하네.

※　※　※

"혼자……인가?"

그리고 몇 분 후.

결국 나는 가게 안에 들어가 「오, 여기서 다 보네, 카토!」
하고 엉터리 연기를 할 마음이 나지 않았다. 그렇다고 「지금
의 나는…… 그 녀석을 만날 자격이 없어.」 같은 소리를 중
얼거리면서 호주머니에 손을 넣은 채 조용히 사라지지도 않
았다.

그저 편의점 처마 밑에 선 채, 몇 미터 앞에 있는 카토를
바라보았다.

뭐, 학교에서부터 몰래 뒤를 밟은 끝에 카토가 여기 있다
는 사실을 알면서 이러고 있다면 악질적인 스토커일 것이
다. 하지만 우연히 가게 안에 있는 그녀를 발견하고 창밖에
서 그녀를 살펴본다면, 그저 내성적인 캐릭터일 뿐이니 괜
찮으리라.

하지만 『우유부단한 머저리 주인공』이라는 매도를 들을 가
능성은……. 뭐, 그 이야기는 한 번 했으니 이제 됐을 거야.

아무튼 나는 이 신께서 내려주신 우연의 산물을 감사히
즐기기로 했다.

잘 생각해보니, 카토가 이 가게에 있는 것을 우연이라고
볼 수는 없을지도 모른다.

왜냐하면 내가 이 가게에서 아르바이트를 할 때도 한 번
마주친 적이 있고, 처음 그녀와 만난…… 아니, 내가 처음
으로 카토를 인식한 것도 이 근처에 있는 언덕에서다.

즉, 이 주변은 원래부터 카토의 활동범위……인 거겠지?

"역시 혼자……네."

카토를 이렇게 오랜 시간동안 쳐다보는 것은 두 달 만……, 그리고 올해 들어서는 처음이다.

그렇다. 카토는 두 달 동안 서클에 얼굴을 내밀지 않았다.

이제 우리에게 관심이 없는 것일까.

오타쿠에게 관심이 없는 것일까.

아니면 혹시, 게임 제작 자체에 관심이 없는 것일까…….

그것도 그럴 것이, 카토는 두 달 동안이나 서클 활동에 참가하지 않은 것이다.

그 정도면 교우 관계를 청산하거나 재구축하기에 충분한 기간이다.

그렇다면 지금의 카토는 우리와 완전히 다른 세계……, 그렇다. 그야말로 원래 있던 일반인 커뮤니티로 돌아가서 친구들과 시답잖은 수다를 나누고, 자신에게 말을 건 남자들과 놀러 다니거나, 나와의 일을 과거의 오점으로 삼으며「그렇지~? 그때 왜 오타쿠와 놀았던 건지 모르겠어. 아아, 역겨워~.」같은 소리를 하며 나를 웃음거리로 삼거나……. 아니, 진짜로 그런 짓을 한다면 나는 이제 일어서지 못하게 될 거라고.

하지만…….

"……여전히 판단을 내리기 어려운 녀석이네."

카토는 스마트폰을 만지작거리지도 않았고, 독서를 하지도 않았으며, 스케치를 하고 있지도 않았다. 그저 창가 자리에 멍하니 앉아 때때로 음료수를 입에 댈 뿐이었다.

가끔씩 창밖을 쳐다보지만, 몇 미터 앞에 있는 나를 발견하지 못했다.

감이 나쁜 점도, 주의력이 부족한 점도, 지금까지의 카토와 똑같았다.

딱히 쓸쓸해 보이지도, 슬퍼보이지도 않는 그녀는『이것이야말로 진정한 멍함』이라고 주장하듯, 게임 배경CG에서 움직이지 않는 행인 캐릭터를 완벽하게 연기하고 있었다.

뭐, 그녀가 울고 있다면 그건 그것대로 골치 아프겠지만 말이다.

하지만…….

왜 혼자 있는 거지?

그런데 왜 평소와 다름없는 것처럼 행동하는 거야?

이렇게 미묘한 태도를 취하고 있으니 말을 걸어야 할지 그냥 놔둬야할지 판단할 수가 없다고…….

차라리 「여어, 많이 기다렸어?」라고 말하면서 미남이 나타나 맞은편 자리에 앉고, 그런 그를 본 카토가 여성스러운 표정을 짓는 편이……. 아냐, 그렇게 되면 나는 역시 일어서지 못하게 될 거야.

반 년 이상, 1년 미만.

친구 이상, 오타쿠 동지 미만.

그런 우리 사이는 카토 안에 무언가를 남겼을까.

내 안에 남아있는 것과, 조금은 비슷한 것이 남아 있을까.

잘은 모르겠지만, 모르기 때문에 알고 싶다.

지금의 카토가 나를 어떻게 생각하는지, 얼마나 화가 났는지, 혹은 슬퍼하고 있는지…….

아직 나와 화해할 여지가 있는지를, 알고 싶다.

그래서 나는 호주머니에서 스마트폰을 꺼내, 내 모든 마음을 담아…….

※　※　※

From: 『아키 토모야』〈T-AKI@○○○.○○〉

To: 『카토 메구미』〈megumi-kato@○○○.○○〉

Subject: blessing software 다음 회의 건

Date: Tue ○○ Feb 17:43

오래간만이야.

서클의 다음 미팅 관련으로 할 말이 있어.

새 학기에 맞춘 새로운 체제, 그리고 다음 기획 등을 정하고 싶어.

우선은 카토와 전체적인 윤곽을 짜고 싶으니까,

우리끼리 의논 좀 하자.

일시 : 2월2X일(금)

장소 : 시청각실

혹시 시간이 안 난다면 연락 줘.

※　※　※

……완전히 사무적인 메일을 작성한 후, 송신 버튼을 눌렀다.

말을 걸어도 쌀쌀맞다.

전화를 걸어도 받지 않는다. 메일을 보내도 답장을 주지 않는다.

그런 멍하디 멍한 우리의 여신님은 내가 전화를 걸었을 때, 메일을 보냈을 때, 어떤 표정으로 그것을 확인하는지 알고 싶었다.

이것이 마지막 기회다.

카토가 아무런 반응도 보이지 않는다면, 더는 희망이 없다.

그 녀석이 『blessing software』에 돌아오는 일은, 이제…….

그렇기 때문에, 내가 할 수 있는 것은 기도뿐이다.

카토가, 이 메일을 봐주기를.

그리고 어떤 반응이든 보여주기를…….

"……아."

그녀는 바로, 반응을 보였다.

창가에 앉아있던 카토는 호주머니에서 스마트폰을 꺼내더니, 익숙한 손놀림으로 화면을 조작한 후…….

그리고 평소처럼 태연하게 메일을 열어서 읽었다.

정말, 평소와 마찬가지로, 평범하게, 담담하게, 멍하게.

웃지도 않고, 화내지도 않고, 울지도 않으면서.

메일을 지우지도, 그렇다고 답장을 보내려고도 하지 않으면서.

「흐음~.」이라는 대사가 진심으로 어울릴 듯한 표정과 태도를 취한 채, 카토는 내 메일을 읽고 있었다.

※　※　※

"추워……."

어느새 몸과 머리카락이 축축하게 젖고 말았다.

30분 전부터 내리기 시작한 눈은 완벽한 진눈깨비가 되어 내 온몸을 적시고 있었다.

슬슬 한계에 도달한 나는 집을 향해 걸음을 옮겼다.

결국 카토는 메일을 계속 쳐다보고만 있었다.

내가 기대한, 캐릭터성 넘치는 반응은 보이지 않았다.

30분이나 버텼는데도, 그 어떤 표정도 보여주지 않았다.

그러니…….

"좋아……!"

그러니까 희망은 있다.

왜냐하면 카토는, 그저 메일을 쳐다보고 있었다.

웃지도, 화내지도, 울지도 않으며, 그저, 평소처럼 담담하게.

……계속, 보고 있었던 것이다.

30분 동안, 자리에서 엉덩이 한 번 떼지 않은 채, 계속…….

※　※　※

그날 밤, 나는 오래간만에 잠을 자지 않았다.

집에 돌아가자마자 『cherry blessing』을 켰고, 정신 차리고 보니 올 클리어를 한 상태였다.

나는 게임을 플레이하면서 울었다.

자신이 만든 게임을, 울면서 플레이하고 있었다.

하지만 오늘은 압도적인 그래픽을 보며 전율해서 운 것도, 숨 쉴 틈도 주지 않는 시나리오에 감동해서 운 것도 아니었다.

그저, 이해하고 만 것이다.

이 작품의 곳곳에 카토가 존재한다는 사실을⋯⋯.

메인 히로인 메구리, 그리고 얀데레 여동생 히로인 루리의 모델로서만이 아니라, 정말, 작품 안 어디에나 카토가 존재했다.

내가 만든, 약간 난잡한 연출 하나하나도 다듬어져 있었다.

화면 인터페이스, BGM 타이밍, 스탠딩CG의 표정 변화.

완성 며칠 전, 내가 마지막으로 감수했을 때에 비해 그런 세세한 부분이 개선되면서 누가 봐도 알 수 있을 만큼 전체적 퀄리티가 한 단계 올라가 있었다.

인터넷 상에서의 평가는 그림과 시나리오에 집중되어 있었지만⋯⋯.

하지만 그림과 시나리오에 대한 평가만 집중되어 있기 때문에, 눈치챘어야만 했다.

　시스템에 대한 불만이 전혀 없다는 사실을.

　게임의 근간 부분이, 그 그림과 시나리오를 완벽하게 떠받쳐주고 있다는 사실을.

　뭐야…….

　카토 너, 이렇게까지 노력했던 거야?

　이래서야, 메인 히로인이라고 할 수 없잖아.

　그야말로, 평범하기 그지없는 서브 디렉터잖아.

　절대 없어서는 안 되는, 최고의 스태프잖아.

　"미안해……."

　그렇기 때문에, 울었다.

　"미안해, 카토……."

　울고, 울고, 필사적으로 생각하고, 고민하며, 괴로워한 후…….

　마지막으로 창밖에서 스며드는 아침 햇살을 바라보며, 나는 결의를 다졌다.

제4장

복선이라고 생각했지? 하지만 이 설정은 방금 생각난 거야

"여어, 에리리. 오늘은 먼저 갔었구나."

"아……."

집에서 나와, 언덕을 내려가서, 전철을 타고, 개찰구를 빠져나와, 통학로를 걸어…….

드디어 교문이 보이기 시작했을 즈음, 나는 금색을 띤 꼬리 두 개를 발견했다.

그러고 보니 이런저런 생각을 하느라, 이 녀석이 오늘 마중을 오지 않았다는 것을 눈치채지 못했다.

"졸려 보이는 데 무슨 일 있었어?"

나를 보는 에리리는 기운이 없어 보인다고 할까, 약간 지친 듯한 표정을 지었다.

"……지금의 너한테 그런 말을 들을 줄은 몰랐어."

"아, 오해하지 마. 나, 밤샘하기는 했어도 졸리진 않다고."

"그, 그렇구나……."

하지만 에리리의 눈에 비친 나는, 밤샘을 하며 펑펑 울어서 눈꺼풀이 잔뜩 부은 탓에 그녀보다도 더 이상해 보였을 것이 틀림없다.

※　※　※

　"저기, 토모야…… 새로운 패키지 일러스트 말인데."

　교문과 건물 사이의 짧은 거리를 평범하게 걸은 후, 신발장 앞에서 헤어지려 한 순간…… 생각에 잠겼는지 말수가 적던 에리리가 각오를 다진 듯한 표정을 지으며 입을 열었다.

　"뭐야. 아직도 그걸 신경 쓰고 있었던 거야?"

　"당연하지. 나, 토모야와의 약속을 깨버렸잖아……."

　참고로 에리리가 남성(그것도 나)과 교내에서 단둘이 이야기를 나누고 있으니 주위의 주목도가 상상을 초월했다. 게다가 적의와 호기심이 어린 시선이 마구 날아오는 탓에 꽤나 따가웠다.

　하지만 집단 괴롭힘 같은 것을 신경 쓸 나이는 지난 데다, 에리리가 신경 쓰지 않는 이상, 나는 어떤 일이 벌어지든 받아들이기로 마음먹었다.

　그리고 요시히코는 힘으로 닥치게 만들 생각이다.

　"그렇게 신경 쓰이면, 에리리가 그림을 그릴 수 있게 됐을 때 그려줘. 나는 언제까지라도 기다릴 거야."

"그랬다간 판매시기를 놓치지 않을까?"

"우리 서클이 추구하는 건 돈이 아니라 전설이야."

"토모야······."

뭐, 그래도 크리에이터로서의 정당한 대가만은 반드시 확보해야만 한다는 점은 마음에 새겨두자.

그리고 이런 「우리는 돈 벌려고 활동하는 게 아냐!」 같은 이상론을 읊어대는 서클 대표일수록 「꿈을 이루기 위한 투자니까 노 개런티」라든가 「시험 기간이니까 노 개런티」라든가 「실력이 기준 미달이기 때문에 노 개런티」라든가 「아무튼 노 개런티」 같은 소리를 해대며 일이 끝난 후에 말을 바꾸거나, 자취를 감추거나, 인터넷에서 헛소리를 늘어놓는 경우가 많으니 조심하자.

"뭐, 에리리의 말대로 다운로드 판매도 생각 중이니까 걱정하지 마. 요즘은 DL 판매 위탁 사이트도 많으니까, 등록도 그렇게 어렵지 않아."

"그렇구나. 그럼 다행이지만······."

하지만 에리리는 뭔가가 걸리는 듯한 표정으로 나를 올려다보았다.

아무래도 내가 생각하는 것 이상으로, 그림을 못 그리게 되었다는 사실 때문에 부담감을 느끼고 있는 것일지도 모른다.

"진짜로 괜찮다고. 그러니까 너무 걱정하지 마!"

하지만 나는 진심으로 에리리를 격려할 수 있었다.

왜냐하면 약 몇 시간 전, 내가 나아가야 할 방향이 정해졌기 때문이다.

그것은 뒤쪽도, 옆쪽도, 대각선 방향도 아니었다.

※ ※ ※

"저기, 토모야."

"응?"

신발장 앞에서 헤어진 에리리는 복도에서 다시 나를 불러 세웠다.

"나는 앞으로도 계속 크리에이터여야만 하는 걸까?"

그리고 불안이 사라지지 않은 표정과 목소리로 나에게 물었다.

"머리를 쥐어뜯고, 피를 토하고, 목숨을 갉아먹으면서…… 그러면서, 그림을 그려야만 하는 걸까?"

자신감을 잃고, 좋아하는 것을 좋아한다고 느끼지 못하게 되었기에, 불안만을 가슴에 품고 있다…….

아까까지의 내가 그러했고, 최근의 에리리 또한 그래 보였다.

"그렇게 그림을 그리는 게 싫어진 거야? 크리에이터로서 살아가는 것이 괴로워진 거야?"

"그런 건 아냐. 하지만……."

"하지만?"

"앞으로도 계속 크리에이터로서 살아가려 한다면, 나, 아마……."

"에리리……?"

"저기, 토모야……. 나는 이제, 어떻게 하면 좋을까?"

좀 전에도 말했지만 이곳은 복도 한가운데다.

즉, 수많은 사람들이 우리 옆을 지나다니고 있었다.

하지만 에리리는 타인의 시선 따위는 신경 쓰지 않는 듯이 애절한 눈빛으로 나를 올려다보며, 오해 사기 딱 좋은 태도와 오해 사기 딱 좋은 발언을 하고 있었다.

그런 에리리는 마치 나스 고원에서처럼 약해 보여서…….

"나는……."

그래서 나는 에리리의 그 시선으로부터 도망치듯, 고개를 돌렸다.

하지만 도망칠 곳을 찾는 듯한 질문을 한 에리리에게, 나는 솔직하게 말했다.

"네『가 그린 그림』을 좋아해."

"윽……."

그 순간 주위가 술렁거린 것 같지만 무시하면서 말을 이었다.

아마 다들 중요한 부분을 흘려들은 것 같지만, 지금은 그런 걸 신경 쓸 때가 아니다.

"뭐, 신자가 되고 두 달 밖에 안 된 새내기니까 믿기지 않을지도 모르지만 말이야."

그렇다. 나는 10년 동안 이 녀석의 그림을 가까이에서 봐오면서도, 그 그림을 높이 평가하지 않았다.

빠르고, 능숙하고, 안정적이고, 예쁜…… 그런 『좋은 작품』이라고만 생각했다.

하지만 그녀에 대한 나의 평가는 작년 연말, 나스 고원에서 뒤바뀌었다.

그 별장 안에 흩어져 있던 『일곱 장의 그림』은 내 평생을 통틀어 가장 큰 쇼크를 나에게 안겨준 『엄청난 작품』이었다.

"그러니 솔직하게 말하자면 앞으로도 에리리의…… 아니, 카시와기 에리의 작품을 쫓아다니고 싶어."

만약 다음 여름 코믹마켓에 『egoistic-lily』가 참가한다면…….

나는 새벽 첫 전철을 타고 가서 가장 먼저 줄선 후, 책을 살 것이다.

그리고 지인들에게 나눠주며 포교하리라.

3권 236페이지
그때 에리리가 맹세했던 「누구나 다 엄청나다고 인정하는 일러스트레이터가 되겠다」는 목표는…….

이미, 내 마음속에서는 이뤄진 상태였다.

"하지만 미안해. 나는…… 너에게「무조건 그려.」라고 말할 수 없어."

"토모야……."

별장에 쓰러져 있던『지칠 대로 지친 에리리』는…….

내가 평생 동안 두 번 다시 떠올리고 싶지 않았던 트라우마를 되살려냈다.

"그러니까 미안해……. 무책임한 소리일지도 모르지만, 결정은 에리리가 해줘."

더 이상, 말로 에리리를 속박할 수 없다.

그녀에게 저주를 걸고 싶지 않다.

"하지만 만약 그림을 그리지 않게 되더라도 오타쿠를 싫어하지는 말아줬으면 좋겠어."

"싫어하게 될…… 리가 없잖아."

그 순간, 주위가 또 술렁거렸지만 더는 신경 쓰지 않기로 했다.

"그럼 됐어……. 나는 에리리가 어떤 결단을 내리든지 그걸 받아들일게."

에리리가 크리에이터를 관둔다면 나는 유감과 아쉬움, 그리고 절망을 느낄 것이다.

하지만 생산형 오타쿠에서 소비형 오타쿠로『돌아온』에리리를, 나는 역시 싫어할 수 없다.

"뭐, 그러니까 천천히 생각하면 돼."

"으, 응……."

에리리는 고개를 끄덕이면서도 아직 납득이 되지 않은 듯한 표정을 지었다.

하지만 나는 더 이상 에리리에게 할 말이 없다.

남은 것은 행동뿐이다.

만약 에리리가 걸음을 멈추게 된다면…… 누군가가 바통을 이어받을 뿐이다.

"자, 이제 교실로 돌아가자. 곧 종이…… 아."

내가 결의를 다지면서 에리리의 등을 민 바로 그 순간…….

"메, 메구미……."

"안녕, 에리리."

우리 눈앞에 평소와 마찬가지로 조례 직전에 등교한 카토가 나타났다.

"안녕, 카토."

"으, 응…… 아키 군도 안녕."

내가 평소처럼 인사를 건네자, 카토는 평소와 조금 다른 반응을 보였다.

카토답지 않게 멍한 분위기를 유지하지 못하더니, 약간 당황한 듯한, 어색한 듯한, 그리고 거북한 듯한 표정을 지으며 우리에게서 고개를 돌린 것이다.

"메일, 봤지?"

"아, 으, 으음……."

그리고 카토는 내가 평소보다 친밀한 태도를 취하자, 이번에는 명백하게 당황했다.

그런 그녀의 반응을 보고, 나는 확신할 수 있었다.

카토가 흔들렸다는 사실을 말이다.

"메일 확인한 걸로 알게. ……에리리도 나중에 봐."

"아, 응……. 잘 가, 토모야."

"…………."

나는 에리리와 카토를 복도에 남겨둔 채, 홀로 교실에 들어왔다.

이제 말은 필요 없다.

방금 결의한 것처럼, 남은 것은 앞을 바라보며 행동하는 것뿐이다.

에리리가 다시 그림을 그릴 수 있도록 노력할 뿐이다.

우타하 선배가 졸업 후에도 우리 서클에 참가하고 싶어하도록 노력할 뿐이다.

그리고 카토가…… 다시 오타쿠의 길로 되돌아올 수 있도록, 노력할 뿐인 것이다…….

"자아, 그럼 조례를 시작할게~."

나의 그런 후덥지근한 결의를 담임인 하스미 카노 쌤의 시원한 목소리가 식혀줬다.

아, 다행이야. 겨우겨우 지각은 면했다…….

"······어?"

허둥지둥 문 쪽을 쳐다보니, 교실에 들어올 타이밍을 완전히 놓친 카토가 창문을 통해 나를 쳐다보고 있었다.

※　※　※

"자, 그럼······."

그것은 평소와 전혀 다름없는 일상 속에서 시작되었다.

평소와 마찬가지로 해질녘에 집으로 돌아가서 저녁을 먹은 후, 잠시 휴식을 취했다.

과할 정도로 기합을 넣지도, 강철 같은 의지를 불러일으키기도 않았다. 방 청소를 하지도 않았고, 목욕을 통해 몸을 정화하는 것 같은 평소와 다른 짓도 하지 않았다. 그저 릴렉스한 상태로 책상 앞에 앉았다.

왜냐하면, 나아가야 할 길은 이미 정해져 있기 때문이다.

■동인 게임 기획서(제1판) 20XX/02 아키 토모야

그렇다. 이것이 내 앞에 존재하는 미래.

1년 전 결의했던, 그리고 두 달 전에 완성되었던 내 꿈의 너머에 존재하는 것.

■타이틀 : 『blessing software』2nd Project(가제)

나는, 후회를 하고 있다.

그때, 최강의 멤버가 모였다.
그리고, 최고의 게임이 완성되었다.
다들, 최선을 다해줬다.
에리리도, 우타하 선배도, 미치루도, 그리고 카토도.
다들, 최후의 최후까지 전력을 다해줬다.
……그렇다. 나 이외에는 말이다.

■장르 : 미정

그때, 내가 다른 이들의 발목을 잡았다.

최고의 게임이 완성되었는데도, 최고의 결과를 내지 못했다.

그녀들이 최선을 다해 만든 결과물을, 완벽한 형태로 세상에 내놓지 못했다.

자신이 내건 목표를 향해, 서클을 인도하지 못했다.

골이었던 겨울 코믹마켓에서 완벽하고 완전한 완성품을 내놓는다는…… 동인 서클에게 있어 당연하고, 올바르며, 그리고 최고의 목표에, 도달하지 못했다.

내가 최후의 최후에, 달리는 것을 관둔 채, 멈춰선 탓이다.

그렇기 때문에, 참회를 하고 싶다.
한 번 더, 기회를 얻고 싶다.

■스태프(예정) :
기획 : 아키 토모야
시나리오 : 카스미 우타코(메인 루트), 아키 토모야(서브
루트 전부)
원화 : 카시와기 에리(메인 히로인), 신 멤버(미정)(서브 히
로인 전부)
음악 : Mitchie
디렉터 : 아키 토모야, 카토 메구미

또 카토를, 에리리를, 우타하 선배를, 미치루를 끌어들일
생각이니, 그야말로 『은혜를 원수로 갚는』 짓일지도 모른다.
하지만 그녀들 모두가 납득할 만한, 모두가 참가하고 싶
을 만한 기획을 준비해서 설득하고, 마지막으로 애원할 것
이다.
그래서 이번에야말로, 나도 최후의 최후까지 전력을 다하
리라.
그리고 나 이외의 모든 이들이 웃을 수 있도록, 앞장서서

최선을 다할 것이다.

극한까지 몰아붙이지는 않을 것이다.
너무 전력을 다해 몸을 해치지 않도록, 내가 도울 것이다.
이 일 외의 다른 모든 것을 포기하게 하지도 않을 것이다.
마음을 갉아먹지 않도록, 내가 지킬 것이다.
그녀들의 노력을 헛되이 하지도 않을 것이다.
마음속으로 우는 일이 없도록, 내가, 최선을 다할 것이다.

■배포 예정 : 다음 겨울 코믹마켓

그렇게 돕고, 지키고, 이번에야말로 최선을 다해서…….
다시 한 번, 그 축제에 참가할 것이다.
우타하 선배가 만든 세계에, 에리리가 색채를 더하고, 미치루가 환성을 끌어온다.
그리고, 그 안에 카토가 눌러앉는 것이다.
그리고 이번에야말로, 나도 그녀들과 함께 그 축제의 장에서 가슴을 펴고 웃을 수 있도록. 이번에야말로…….

■콘셉트 : 연애, 우정, 성장
·여자애가 매력적으로 변해가는 모습을 상세하게 그려, 유저가 히로인에게 애착을 가지게 한다.

·주인공이 히로인을 좋아하게 될 뿐만 아니라, 플레이어까지도 진심으로 히로인을 좋아하게 될 수 있도록 히로인을 매력적으로 표현한다.

·히로인의 별 것 아닌 동작, 생각, 행동을 매력적으로, 생동감 있게 그려서, 플레이어가 현실의 여자애를 좋아하게 되어가는 느낌이 들게 한다.

※단, 위에서 말한 내용은 2차원 히로인을 부정한다는 뜻이 아니다. 어디까지나 2차원 히로인을 베이스로 삼아 현실 여자애의 애매한 태도와 감정의 흔들림, 그리고 약간의 부정적 요소를 믹스해 2차원 히로인과 실제로 연애를 하고 있는 듯한 느낌이 들게 하는 것이 목적이다.

·주인공의 선택 등을 통한 게임의 진행 내용에 따라, 히로인도 주인공에 대한 감정이 서서히 변해가는 모습을 철저하게 그린다. 그래서 히로인이 진정으로 주인공에게 끌리고 있는 느낌을 자아낸다.

·위에서 말한 것처럼, 캐릭터의 비주얼과 게임의 스토리만이 아니라 히로인과 게임 안에서 보내는 시간 자체가 귀중하다고 느낄 수 있도록, 진심으로 그녀를 사랑하게 되는 작품을 목표로 삼는다.

모니터 화면에는 오글거리는 문장이 나열되고 있었다.
하지만 아직 타이핑을 멈출 수 없다.

이래봬도 1년 동안 게임을 만들어왔기 때문에 조금은 알고 있다.

……시작이 반이라는 생각이 잘못되었다는 것을 말이다.

이 상황에서 손을 멈추지도, 달성감을 느끼지도 않으면서, 진정으로 완성될 때까지 작업할 필요가 있는 것이다.

지난 게임에는 이 과정에서 발목을 잡혔다.

멋대로 다 했다고 생각하고 자화자찬에 빠져 헤어나오지 못했다…….

그렇게 결국 최종적인 게임 기획서는 우타하 선배에게 전부 맡기고 말았다.

정말 나는 기획 단계에서 아무런 도움도 되지 못했네…….

하지만 지금의 나는, 경험자다.

두 번째 게임이니, 할 수 있을 것이다.

아니, 해내야만 한다.

■캐릭터 수 :

메인 히로인 : 1명

서브 히로인 : 미정(가능하면 네 명 정도)

나는 오타쿠를 관두고 싶지 않다.

그리고 이제 와서 소비형 오타쿠로 돌아가고 싶지도 않다.

창작의 즐거움을, 괴로움을, 천국에 올라가는 듯한 느낌을, 지옥에 떨어지는 듯한 느낌을, 아주 조금이지만 맛보고 말았다.

그러니 이제는 돌아갈 수 없다.

그렇다면, 갈 데까지 가는 수밖에 없다.

■메인 히로인 : 카노 메구리(가제)

·전작『cherry blessing』과의 관련성에 대해서는 상의가 필요.

같은 캐릭터를 이용한 스핀오프 작품이든,

같은 비주얼을 지닌 별개 캐릭터(성우는 동일하다, 같은 설정)이든,

혹은 이름을 변경해 전혀 다른 캐릭터 설정으로 가는 것도 가능.

·운명에 이끌려 극적인 만남을 가진 그녀는…… 왠지 전혀 눈에 띠지 않는,

공기 같은 존재감을 지닌, 아니, 존재감 자체가 없는 여자애였다.

·주인공은 그런 그녀를 보고 환상이 깨졌지만, 허물없이 대할 수 있는 그녀와 평범한 친구 사이가 된다.

왠지, 나는 오늘 좀 이상한 것 같다…….

그것도 그럴 것이, 아이디어가 끝없이 샘솟고 있었다.

메구리와의 만남, 대화, 데이트, 싸움, 화해, 그리고 그 너머로…….

초반부터 종반에 걸쳐, 히로인을 매력적으로 표현할 이벤트를 술술 짜냈다.

……뭐, 전부 다른 작품에서 한 번쯤은 본 듯한 것들이니 그렇게 대단한 일도 아니지만 말이다.

하지만 지금의 나는 분명, 이 히로인을 사랑할 수 있다.

그리고 플레이어들이 이 히로인을 사랑하게 만들 자신이 있다.

※　※　※

"아…….."

그렇게 나는 잔뜩 흥을 내면서 키보드를 두드려댔다.

그리고 머리보다 손가락이 먼저 한계에 도달했을 즈음…….

……오늘도 밤이 아침으로 변하는 순간을 두 눈을 뜬 채 맞이했다.

눈앞에 있는 텍스트 파일의 용량을 확인해보니 50킬로바이트를 넘었다.

아무래도 나는 문화제 주말 때처럼 하이퍼 모드에 돌입했던 것 같았다.

하지만…….

"……일단 이쯤 하고 한숨 자자."

이건 아직 미완성이다.

그저 손이 가는 대로 쓴, 평범한 아이디어 메모다.

이제부터 이것을 신중하고, 용의주도하며, 교활하게 수정해서, 게임 기획서 레벨로 완성해야만 한다.

왜냐하면, 나는 경험자이기 때문이다.

이것이 제아무리 좋은 아이디어일지라도 『아마추어의 별것 아닌 생각』을 그대로 기획으로 삼을 수는 없다.

그렇기에 나는 딱딱하게 굳은 몸을 풀면서 침대로 향했…….

"아…….."

하지만 또 아이디어가 떠오른 나는 마지막 힘을 쥐어짜내 타이핑을 했다.

■타이틀 : 시원찮은 그녀_{히로인}를 위한 육성방법(가제)

제5장

캐릭터 붕괴가 멈출 줄을 모르는뎁쇼

"그럼 다들, 다음 주에 봐~."

담임선생님인데도 학생들에게 그다지 관심을 가지지 않는 다는 평판인 카노 쌤이 종례를 끝내고 교실을 나가자, 교실 은 단숨에 평소 이상으로 시끌벅적해졌다.

해방감을 만끽 중인 클래스메이트들은 하굣길에 어디에 들렀다 갈지 상의하거나, 휴일에 놀러갈 약속을 잡거나, 가 벼운 발걸음으로 귀가를 시작했다. 하지만 일부는 무거운 발걸음으로 부활동을 하러 가거나, 별 약속 없는 주말에 뭘 할지 상상하는 등, 리액션은 각양각색이었다.

그것도 그럴 것이, 오늘은 일주일에 한 번 있는 금요일이다.

일주일 중에서도 가장 꿈과 희망으로 가득 차는 이 날은 누구에게 있어서도 특별했다.

……하지만 나는 다른 애들처럼 해방감에 사로잡힐 수 없 었다.

"카토! 오늘은 서클 활동을 하기로 한 날이라고!"

"어, 아⋯⋯."

어느새 하교 준비를 끝내고 자리에서 일어나던 카토를 향해, 나는 밝고 커다란 목소리로 그렇게 말했다.

카토는 프로(무엇의 프로인데?)만이 눈치챌 수 있을 만큼 희미하게 어깨를 떨더니, 머뭇거리면서 내키지 않는 표정으로 나를 쳐다보았다.

⋯⋯또 도망치려고 했던 것 같았다.

"화요일에 연락했었지? 자, 시청각실에 가서 미팅을 하자."

"으음, 오늘은⋯⋯."

"「혹시 시간이 안 난다면 연락 줘.」라고 써서 보냈는데, 연락 안 줬었잖아."

"⋯⋯."

카토는 약간 원망 섞인 눈빛으로 나를 쳐다보았다.

뭐, 요즘 들어 말도 섞지 않으려던 상대에게 「싫으면 연락하라고.」 같은 지시를 받았으니 대응할 수가 없었을 것이다. ⋯⋯실은 그 점을 노리고 그런 메일을 보냈었다.

"좀 늦어졌지만⋯⋯ 너와 나의, 올해 들어 처음 하는 서클 활동이야."

"아키 군⋯⋯."

이렇게 미묘하게 카토를 몰아넣는 것이 악랄한 짓이라는

사실은 인정한다…….

하지만 카토가 이 대화에 응해줄 가능성을 느꼈기 때문에, 나는 그녀를 계속 몰아넣었다.

왜냐하면 카토는 오늘, 아주 약간『도망치는 것』이 늦었다.

평소보다 하교 준비에 3초 정도 더 걸렸다.

그리고 그 3초 동안 나를 살펴봤다는 사실 또한 눈치챘다.

※　※　※

"카토, 이쪽이야."

"어, 방송실을 이용하는 거야?"

"응. 그래."

"…………."

금요일 저녁의 시청각실에서는 다른 이의 인기척이 전혀 느껴지지 않았다.

그래서 약간 쓸쓸하다고나 할까, 방과후에 남녀 간의 이렇고 저런 일이 아무렇지도 않게 일어날 수 있을 듯한 환경에서, 나는 카토를 더욱 불안하게 만드는 장소로 유도했다.

시청각실을 통해서만 들어갈 수 있는 더욱 좁은 밀실……, 방송실로 말이다.

"자, 그럼 자리에 앉아."

"으, 응……."

오래간만에 들어온 방송실은 변함이 없었다.

각종 영상 관련 기자재가 잔뜩 굴러다니고 있었다. 어디에 뭐가 있는지, 그리고 뭘 어떻게 조작하면 되는지는 이 방송실에 익숙한 사람이 아니라면 분명 알지 못할 것이다.

구체적으로 말하자면, 나 이외에는 아무도 모르리라.

"자아, 카토……."

그런 방송실로 카토를 데려온 나는 문을 잠근 후, 진지한 표정으로 카토를 쳐다보았다.

"으…… 아, 아키 군……?"

그러자 카토는 평소의 멍한 표정이 아니라, 약간 겁먹은 듯한 얼굴로 주위를 둘러보았다.

"……응? 아, 미안해. 문을 잠글 필요는 없었지."

아무래도 내가 굳은 얼굴로 방송실의 문을 잠근 게 신경 쓰이는 것 같았다.

……그래. 방금 그 행동은 문제가 많았어.

"방송실로 너를 끌고 온……, 데려온 데에는 다 이유가 있어."

나는 겁먹은 토끼 같은 카토를 안심시키려는 것처럼 자신의 노트북 컴퓨터를 꺼내 세팅하기 시작했다.

……아무래도 상관없는 거지만, 방금 카토의 반응은 꽤, 아니 엄청 모에했다.

"자료의 양이 많아서 말이야. ……종이로 뽑으면 상당한 양이 될 것 같고, 토너도 비싼데다 친환경적이지 않으니까 화면으로 설명할게."

반 년 전 카노 쌤을 속여…… 아니, 설득해서 학교 측이 장만하게 한 27인치 터치 디스플레이에 내 컴퓨터를 연결했다.

그러자 그 화면에 『■동인 게임 기획서(제1판) 20XX/02 아키 토모야』라는 글자가 커다랗게 표시되었다.

"아키 군……?"

약간 놀란 듯한 목소리로 내 이름을 부르는 카토를 무시한 나는, 화면을 터치해서 다음 페이지를 표시했다.

그러자 거기에는 『1. 타이틀』『2. 장르』처럼, 앞으로 설명할 내용의 타이틀만이 정리된 어젠더(agenda)……, 목차가 표시되었다.

……으음. 실은 내용물을 다듬다 열의가 솟구친 바람에, 아예 파워포인트 형식의 프레젠테이션 자료로 만들어 봤습니다.

　　　　　　※　※　※

"……즉, 히로인의 애매한 태도나, 감정의 흔들림 같은 그런 생생한 부분을 표현해서 더욱 매력적인…… 진짜로 사랑할 수 있는 2차원 히로인을 만들어 내는 게, 이 기획의 핵심이야!"

"아…… 그렇, 구나."

화면이 『■콘셉트 : 연애, 우정, 성장』의 페이지에 도달하자, 내 프레젠테이션은 지금까지 이상의 열기를 띠었다.

그렇다. 방금 말한 것처럼, 이 부분이야말로 이 기획의 핵심이자 전작인 『cherry blessing』과 명백하게 구분되는 점이다.

"처음에 내가 기획했던 게임은 히로인의 매력을 전면에 내세우는 것이…… 카토를, 모든 이들의 가슴을 두근거리게 하는 메인 히로인으로 만드는 것이 목적이었어!"

하지만 큰 목소리를 내도 괜찮다.

왜냐하면 이곳은 「제아무리(내가) 고함질러 봤자 아무도 안 올 걸?」 같은 이상적인 환경이니까 말이다.

"하지만 거기에 시나리오 담당 카스미 우타코의 도전적인 챌린지 스피릿이 들어가서……."

"아키 군……. 도전과 챌린지는 같은 말이야."

"으, 응……. 카스미 우타코의 도전적인 에센스가 들어가서 전기라는 스토리성을 얻었어. 그것은 작품으로서는 대성공을 거뒀지."

그렇다. 나 때문에 출하량이 미미했는데도 불구하고 스토리에 대한 평판이 좋아서, 지금도 인터넷 상에서 화제가 되고 있다.

하지만…….

"하지만 그건 내 기획의 본질이 아냐……. 내 기획이, 내가 만들고 싶었던 게임이, 세간에서 받아들여졌다고 가슴을 펴고 말할 수는 없어."

그렇다. 스토리에 대한 평가는 대부분 카스미 우타코의 플롯에 대한 평가로 귀결되고 있었다.

내 어설픈 기획에 우타하 선배가 넣어준 카스미 우타코의 독자적인 색깔이, 내가 원래 내려고 했던 색깔을 능가하고 있을 가능성이…… 아니, 100% 능가하고 있었다.

"그리고 원화 담당 카시와기 에리의 그림도 카스미 우타코의 작풍에 끌려가고 있어."

카시와기 에리……, 에리리는 분명 이번 작품을 통해 성장했다.

특히 마지막에 그린 네 장의 그림은 「중간부터 작화가 너무 달라졌다」면서 인터넷 상에서 엄청난 논쟁이 벌어질 정도로, 강렬한 임팩트를 남겼다.

확실히 에리리가 그 그림을 그린 것은, 내가 담당했던 시나리오 부분의 작업을 하면서였다.

하지만 그것은 카스미 우타코가 만든 스토리라는 기반이 있었기 때문에 가능했던 것이다.

캐릭터 디자인에서부터 에리리가 본래 스타일이던 모에모

에 작풍에서 조금 벗어나, 『비련의 이야기』에 걸맞은 그림체로 성장했기 때문에…….

「이 히로인이라면 불행해져도 빛날 것이다」라는 느낌이 되었기 때문에, 나마저도 넋이 나가게 만들 정도의 엄청난 그림이 완성된 것이다.

"게다가…… 나 자신이 그 두 사람에게 끌려 다녔어."

그렇다. 내가 쓴 추가 시나리오도, 내가 최종적으로 결정한 전체적인 방향성도, 명백하게 그 두 사람의 작풍에 맞춰졌다.

그것은 내 기획이 그녀들을 제어하지 못했다는 것을 뜻했다.

"나, 『cherry blessing』을 플레이할 때마다 울어."

"그야…… 여러 가지 의미에서 엄청난 작품이잖아."

"하지만 나 때문에 울고 있는 게 아니라는 걸 눈치챘어."

그 게임을 아무리 플레이해도, 나는 내 신자가 될 수 없었다.

자신이 하고 싶었던 것을 전부 한 끝에 엄청난 작품이 완성되어서, 「나는 역시 천재라니깐.」 같은 초대형 자화자찬을 하지 못했던 것이다.

「그런 녀석은 완전 자의식 과잉이잖아.」라고 생각해……?

하지만 에리리도, 우타하 선배도, 그리고 미치루도 분명 자기 자신을 그렇게 생각하고 있을 걸?

"그래서 다음 작품은 내⋯⋯ 『blessing software』의 원점으로 회귀할 거야."

일부러 카스미 우타코의, 카시와기 에리의 색채를 억누르고 내 컬러를 전면으로 내세우는 것이다.

"별 것 아닌 평범한 한때를 통해 모에를 느낄 수 있는 게임으로 만들 거야."

「이것이 나의, 아키 토모야의 게임이다.」하고 가슴을 펴고 말할 수 있는⋯⋯ 그런 게임을 목표로 삼는다.

"전작보다 캐릭터를 중시하고, 캐릭터들이 자아내는 평범한 이야기로 감동을 할 수 있게 만들어서⋯⋯ 카토의 진짜 매력으로 유저들을 휘어잡고 말겠어!"

"⋯⋯으음, 또 내가 메인 히로인인 거야?"

"당연하지! 내 메인 히로인은 카토⋯⋯ 너 뿐이야!"

"그, 그렇구나."

카토는 약간 어이없다는 표정으로 내 얼굴을 쳐다보았다.

약간 질린 듯한 그 표정을 보면서 그리움을 느낀 나는⋯⋯.

목소리에 울음기가 섞이는 것을 필사적으로 막았다.

"하지만 그런 게임은 시스템을 중시하는 경우가 많잖아? 그래도 나는 어드벤처를 베이스로 만들고 싶어. 그것이야말로 아키 토모야의 컬러라고 생각하는데 카토는 어떻게 생각해?"

"그, 그런 걸 나한테 물어도……."

"이건 중요한 질문이라고! 왜냐면 나는 좋아하는 여자애와 함께 만들어나가는 이야기를 좋아하거든!"

"그, 그렇구나~."

그렇다. 『러ㅇ플ㅇ스』라든가 『두ㅇ두ㅇ 메모ㅇㅇ』 같은 코ㅇ미의 게임……. 아니, 히로인이 중심이 되는 연애 계열 게임은 역사적으로 볼 때 시스템을 중시하는 경우가 많다.

왜냐면 그 편이 내가 추구하는 히로인의 애매한 태도, 감정의 흔들림 같은 생생한 반응 패턴을 잔뜩 준비할 수 있기 때문이다.

스토리가 없기 때문에 히로인을 자유롭게 표현할 수 있다.

그리고 플레이어는 그 안에서 독자적인 스토리를 찾아내, 자신의 상상력을 통해 감동하며 모에를 느낄 수 있다.

그런 게임의 팬픽과 능욕 동인지…… 아니, 순애물도 포함되겠지만, 그런 2차 창작 콘텐츠가 충실한 것은 그런 이유에서라고 나는 생각한다.

물론 그런 작품도 매우 좋아하고, 만약 자신이 만든 작품이 그런 방향으로 인기를 끈다면 정말 기쁠 것이다.

하지만 나는 장소를 제공하는 것만으로는 만족할 수 없다.

히로인과의 수많은 이야기 안에 『내가 생각한 최강의 연애 스토리』도 넣고 싶다.

나만의, 내 안에서 최고인, 그녀와의 스토리를 만들고 싶다.

"분명 쉽지는 않을 거야. 하지만 쉽지 않기 때문에 해볼 가치가 있어."

어쩌면, 아니, 꽤 높은 확률로 실패할 것 같은 느낌이 들었다.

"『cherry blessing』보다도 완성도가 떨어질 지도 몰라……."

하지만 그렇기 때문에, 동인에서라면 할 수 있다.

아니, 동인이기 때문에 할 수 있는 것이다.

"팔리지 않을지도 몰라……. 아니, 처음에는 전작의 평판 때문에 팔리겠지만 내용물이 형편없으면 그 탓에 더 비난받는 최악의 미래가 펼쳐질 가능성도 있어."

「첫 작품이 잘 팔렸다고 기고만장해져서 착각했나 보네.」

「자기들 주제를 몰라 이런 상황이 벌어지는 전형적인 패턴.」

「앞으로 『blessing software』에서 내놓는 게임은 회피하는 걸 추천.」

「하다못해 스태프는 인정해주자고. 카스미 우타코와 카시와기 에리는 나쁘지 않잖아.」

「그럼 기획 : 아키 토모야만 회피하는 걸로.」

"그래도 나는…… 나는, 꼭!!!"

……유저들이 그런 상황에서 올릴 법한 악플이 머릿속에 떠올랐지만, 지금은 그런 걸 신경 쓸 때가 아니다.

"아~, 그 부분은 이제 됐어."

내 몸과 마음을 다한 프레젠테이션이 최고조에 도달한 순간, 카토는 피곤한 표정을 지으며 의자에 몸을 맡겼다.

그런 그녀의 멍한 얼굴에는 짜증, 그리고 나를 따라온 것에 대한 후회가 어려 있었지만…….

"그것보다 스태프 말인데……."

"응? 아……."

하지만 의무감이라도 느꼈는지 내 자료에 대한 질문을 던졌다.

"이번에는 카스미가오카 선배와 에리리에게 전부 맡기지 않는 거네."

"……우타하 선배는 대학과 라이트노벨 신작 때문에 바쁠 테니까 말이야."

게다가 옛날의 무례한 말투가 점점 부활하고 있었다.

"그리고 에리리는…… 뭐, 현재 양산 작업이 불가능한 상태거든. 그러니 새로운 체제를 구축해서 그 두 사람을 도와줄 생각이야."

카토가 주목한 것은 스태프 구성 페이지에 적힌…….

시나리오 : 카스미 우타코(메인 루트), 아키 토모야(서브 루트 전부)

원화 : 카시와기 에리(메인 히로인) 신 멤버(미정)(서브 히로인 전부)

……부분이었다.

확실히 여기야말로 전작과 크게 다른 중요 포인트가 틀림 없다.

"우타하 선배에게 의뢰하는 것은 히로인 한 명…… 하지만 카스미 우타코의 최고 걸작을 기대할거야!"

"하지만 그 외에는 아키 군의 이름밖에 없는데……."

"맞아. 공통 루트와 다른 모든 히로인의 루트는 내가 담당할 거야!"

"남은 멤버 전부를 아키 군이…… 그게 가능하겠어? 양적으로도, 그리고 능력적으로도 말이야."

"지금은 앞만 바라보며 나아갈 수밖에 없다고!"

……아니, 카토의 지적은 지당하기 그지없다.

이 기획은 히로인의 풍부한 리액션이 매력 포인트이므로 물량과 개연성을 잡아줄 능력, 그리고 그 외에도 많은 것들이 필요했다.

그리고 방금 카토 앞에서 선언을 한 이상, 그 점을 해결

할 방법은 나 자신의 퀼리티 업밖에 없다.

뭐, 뭐어, 자신감이라는 건 하다 보면 생기는 거잖아!

"그리고 에리리에 버금갈 만큼 그림을 잘 그리는 사람을 찾는 게 가능하기는 한 거야?"

"……최, 최선을 다하겠습니다."

카시와기 에리 레벨은 무리더라도, 그 녀석이 감수를 맡아준다면 꽤 괜찮은 사람만 찾아내도 어떻게든 될 가능성은 충분히 있다.

에리리도 감수 정도라면 지금 상태에서도 가능할지도 모른다.

……물론 그 『일곱 장의 그림』에 필적하는 그림을 언젠가 그려줄 것을 기대하고 있지만 말이다.

"……정말 괜찮은 거야?"

"……솔직히 말하자면 자신은 없어."

그것은 이제부터 생각해봐야 할 부분이며, 지적을 당한다면 대꾸할 말이 없는 것도 사실이다…….

"아키 군……."

내 솔직하기 그지없는 대답을 들은 카토는 지긋지긋하다고 말하는 듯한 표정을 지었다.

하지만 이 리액션은 내 이야기를 진지하게 들어주고 있다는 증거이기도 했다.

"역시 가장 큰 문제점은 바로 나야! 시나리오라이터로서만이 아니라 디렉터와 프로듀서로서도 말이야!"

"그런 소리를 당당하게 해도 곤란한데······."

······카토는 그렇게 말했지만, 나는 당당하게 그런 소리를 할 수밖에 없다.

왜냐하면 스태프 구성만 봐도 작년에 비해 내 부담이 비약적으로 커졌다는 것을 알 수 있기 때문이다.

8할 가량의 시나리오 집필. 새로운 일러스트레이터의 스카우트, 일정 조정.

게다가 예전 이상으로 커진 유저의 기대감마저 짊어진 『blessing software』의 운영.

지금까지 가장 도움이 되지 않았던 녀석의 일거리를 가장 늘리다니, 제정신이 아니라고 해도 과언이 아니다.

그야말로 서클이 공중 분해될 절대적 위기 상황에 처한 것이다.

"그렇기 때문에 카토······ 네가 맡은 역할이 중요한 거야."

"뭐, 뭐어~?"

바로 그 순간, 자신에게 날벼락이 떨어질 것을 예감한 카토는 엄청 짜증 섞인 표정을 지었다.

하지만 나는 카토가 보인 반응의 타이밍이 약간 어긋났다는 사실을 놓치지 않았다.

······이 녀석, 방금 내가 「그렇기 때문에 카토.」라고 말하

기 전부터 짜증난 표정을 준비하고 있었다.

즉, 지금부터 자신이 어떤 말을 듣게 될 것인지 어렴풋이나마 눈치챈 것이다.

"자아…… 이걸 봐!"

그리고 나는 화면에 표시된 스태프 구성 페이지의 가장 윗줄을 손가락으로 가리켰다.

기획 : 아키 토모야, 카토 메구미

"그러니 이 기획서를 더욱 뜯어고치자고! 자아, 네 힘을 빌려줘, 카토!"

원래 이 기획란에는 내 이름만 적혀 있었지만, 어젯밤에 한 명이 더 추가되었다.

"……제정신이야?"

"물론 진심이지!"

카토가 말실수를 한 것 같지만 신경 쓰지 않기로 했다.

"자신을 모델로 한 히로인이 등장하는 게임의 기획에까지 참가하는 애는 여러모로 불쌍할 것 같지 않아?"

"그렇다면 내 불쌍함조차 능가해봐라, 카토!"

"죽어도 싫어."

그런 차가운 말도, 멍한 표정과 말투 탓에 상냥하게 느껴지는 것이 카토가 지닌 가장 큰 장점이자 최악의 결점이다.

"카토…… 내가 너를, 서클 부대표로 만들어주겠어!"

"무슨 소리 하는 건지 전혀 모르겠어, 아키 군."

……그렇기 때문에 나처럼 제멋대로 행동하는 서클 대표에게 틈을 보이고 마는 것이다.

"서클 부대표는 서클 대표가 잘못을 저지르면 다른 멤버와 상의한 후, 대표를 경질시킬 수 있는 권리가 있다…… . 우리 서클의 규약에 그렇게 명기하겠어."

"완전 하극상 룰이네."

"더욱 적극적으로 서클 활동에 참가해줘. 책임은 내가 질게! ……아니, 직접 지고 싶다면 말리지는 않겠어."

"그럼 지금 바로 아키 군을 말리고 싶은데, 그래도 돼?"

"서클 부대표는 게임에서 마음에 들지 않는 부분을 수정해도 돼. 크리에이터를 마구 굴려도 돼. 나나 다른 멤버들과 서클에 관한 일로 얼마든지 다퉈도 돼."

"그…… 그런 건 말이야."

"나와 함께, 이 서클을 짊어져줬으면 해!"

"으……."

"부탁이야 카토…… 메구미.

한 번 더, 한 번만 더 내 메인 히로인이 되어줘!

……그리고 내 서포트와 도우미 활동 같은 것도 지금까지 이상으로 잘 부탁드립니다!"

드디어, 말했다. 승부를 걸었다.

여전히 제멋대로이고, 근거 없는 자신감으로 가득 차 있으며, 각종 학대적 표현으로 가득 찬 내 괴상망측 이론으로 밀어붙였다.

하지만 사실, 마음속으로는 엄청 떨고 있었다. 울음마저 터질 것만 같았다.

무서워서, 무서워서, 무서워서…….

카토와 만나고 1년이 지났다.

그 시간 동안 쌓아온 것들이 얼마나 소중한지, 지금의 나는 알고 있다.

그렇기 때문에 믿을 수밖에 없다.

카토에게 아직도 『blessing software』에 대한 애착이 남아 있기를.

그녀가 돌아올 가능성이 남아 있기를…….

※　※　※

"…………."

"…………."

침묵이 계속되었다.

마지막으로 내가 말을 한 후로 몇 초, 아니 몇 분이 흘렀는지 알 수가 없었다.

카토는 적당히 멍하고, 적당히 감정이 어린 표정으로 내 얼굴을 그저 바라보고 있었다.

몇 번이나, 몇 번이나 망설이면서…… 아, 그것은 내 착각일지도 모른다.

"……하나만, 물어봐도 돼?"

"뭐든 물어봐……."

하지만 드디어, 꾹 다물고 있던 입술을 벌렸다.

"또 나를 메인 히로인으로 삼을 거라는 걸…… 에리리에게, 말했어?"

"아니, 아직 말 안했어."

"그럼…… 정말, 괜찮겠어? 에리리에게 물어보지도 않고 그런 걸 정해버려도 정말 괜찮은 거야?"

「뭐? 왜 그런 소리를 하는 거야?」

……예전의 나라면 아마 그런 둔감 주인공 같은 말을 해서, 각 방면으로부터 머저리 주인공이라는 비난을 받았을 것이다.

아니, 그렇게 대답하지 않는다고 해서 비난을 받지 않을 거라고 단정할 수는 없지만 말이다.

"저기, 카토……."

카토가 에리리를 신경 쓸지도 모른다는 것은 하나의 가능성으로서 예측했었다.

하지만 그 상황에서 그녀에게 뭐라고 말해야 할지, 아무리 생각해도 떠오르지 않았다.

"지금부터 내가 너한테 하는 질문은 어쩌면 엄청 무례하고, 어이없으며, 바보 같을지도 몰라. 그러니까 미리 사과해 둘게. ……미안해."

"아키 군……?"

왜냐하면 이 상황에서 말을 잘못하면 모든 것을 잃어버릴 것 같은 느낌이 들었기 때문이다.

그래서 나는 심호흡을 했다. 아니, 한 번 더 했다.

그리고 온몸에서 흘러나오는 식은땀을 필사적으로 억누르면서, 지금까지의 인생에서 한 번도 입에 담아본 적이 없는 말을 했다.

"말도 안 된다고 생각하지만 물어볼게. 카토가 지금까지 나한테 화냈던 건, 나와 에리리가 요즘 사이가 좋아진 걸 보고 이런저런 생각이 들어서라든가, 마음에 가시 같은 게 박힌 것 같아서라든가, 우리 둘이 걸어가는 모습을 보고 손바닥에 손톱자국이 남을 정도로 주먹을 세게 쥔다든가, 같은 이유 때문은 아니지?"

"……………………아키 군, 대체 무슨 소리를 하는 거야?"

"그렇지? 그렇지이이이이이이~~~?!!!"

나는 손톱자국이 남은 손바닥을 휘저으면서, 금방이라도 눈물을 흘릴 것 같을 만큼 텐션 높은 반응을 보였다.

우와, 아직도 심장이 벌렁거려. 땀이 멎지를 않아.

최선을 다해 개그틱하게, 그리고 너무 가볍지는 않도록 유의해서, 긍정하든 부정하든 서로가 느낄 거북함을 최소한으로 억누를 수 있는 대사를 어젯밤에 이불 안에서 몇 시간에 걸쳐 생각한 보람이 있었어…….

"그렇지? 그렇지? 그럴 줄 알았어! 그 멍한 반응을 기다리고 있었어! 정말 다행이야!"

응, 틀림없어……. 이 녀석, 나한테서 연애 감정 같은 걸 느끼고 있지는 않아.

나는 그 사실이 기쁘든 슬프든 아무래도 상관없을 만큼, 몸과 마음에 들어가 있던 힘이 쫙 빠져 버렸다.

역시 카토는 중증 오타쿠인 나에게 마지막까지 남은, 3차원 최후의 희망이었어.

그게 잘된 건지 나쁜 건지는 일단 제쳐두기로 하고 말이야.

"설마 내가 아키 군을 좋아한다고 생각한 거야? 아키 군이 지금까지 나한테 어떤 짓을 했는지 누구보다 잘 알면서도 그런 생각을 한 거야?"

"하, 하지만! 카스미 우타코 작품에서는 그런 일이 흔하잖아! 무뚝뚝한 태도를 취하지만 실은…… 같은 거 말이야! 그래서 우선 확인해봐야겠다는 생각이 들었다고!"

"그런 점에서 볼 때 카스미가오카 선배는 꽤, 아니, 엄청 2차원에 물든 것 같네."

그런 특정 방향을 향해서만 가시 돋친 발언을 날리는 게
우타하 선배
조금 신경 쓰이지만…….

하지만, 이걸로 카토가 나한테 화난 이유 후보 중 하나가 사라졌다.

내 눈앞에 또 하나의 찬란한 길이 펼쳐졌다.

그래서 나는 자신감을 가지고 카토에게 사과할 수 있다.

하지만 진짜 승부는 지금부터다.

"그럼……. 미안해, 카토."

"으음, 방금 한 이야기를 다시 떠올리게 하는 건 곤란해. 그리고 방금 그 대화는 우리 둘 다 영원히 기억 속에서 지우고 싶을 것 같은데?"

카토는 깊이 고개를 숙인 나를 향한 배려 같은 건 전혀 섞이지 않은 어조로 말했다.

저기, 그건 상대의 마음에 난 상처를 헤집어놓는 거나 다름없는 태도라고 생각하는뎁쇼? 너무 심한 거 아니옵니까?

"방금 일이 아니라, 작년 일을 사과하는 거야."

"작년……?"

……이제 더는 뜸들이지 말자.

지금은 정면 승부를 벌여야 할 때다.

"카토가 지금까지 나한테 계속 화났던 진짜 이유 때문에, 사과하고 싶은 거야."

"아……."

그 말을 들은 순간, 카토의 표정이 순식간에 얼어붙었다.

"미안해, 카토."

"……."

그것도 그럴 것이, 이 두 달 동안 지긋지긋할 정도로 깨달았다.

여러모로 생각할 점이 많았던 것은 사실이다.

마음속에 계속 가시가 박혀 있었던 것 또한 사실이다.

손톱자국이 날 만큼 주먹을 세게 말아 쥐었으면서도 계속 참고 있었던 것 또한, 카토의 진실이다.

「왜 상의해주지 않은 걸까……?」

「마감에 관한 것도, 에리리에 관한 것도, 겨울 코믹마켓을 포기하는 것도, 왜 나에게 말해주지 않은 걸까?」

「나는, 아키 군이 올바른 선택을 했다고 생각해.

그리고 나는 아키 군을 친구라고 생각해.

하지만, 용서 못해.

친구라고 생각했기 때문에, 이번 일은 아직, 납득하지 못했어.」

"상의하지 않아서 미안해. 기대지 않아서, 미안해."

카토는 그때, 거짓말을 하지 않았다.

"친구 자격 없는 놈이라서, 미안해."

마음을, 숨기지 않았다.

"에리리에게 있어서도, 카토에게 있어서도, 잘못된 선택을 해서, 미안해."

그저 순수하게, 나를 친구로 생각하고 있었기 때문에……

에리리를 절친이라고 생각하고 있었기 때문에……

같은 서클의 동료라고 믿고 있었기 때문에…….

"그리고…… 이렇게 늦게 사과해서, 미안해."

정말, 진심으로, 마음속으로 한 생각을, 말해줬다.

슬픈 마음을, 친구에게, 주저 없이 밝혔다.

그렇기 때문에…….

"그리고, 고마워……."

"뭐……?"

정말 기뻤다.

"카토, 너, 정말…….

『blessing software』를 좋아하는 구나……!"

"윽~~~!"

그 순간…….

카토는 천장을 올려다보았다.

아무 것도 없는 천장을 올려다보면서, 잠시 동안 필사적으로 참았다.

무엇을 참고 있냐고……?

그것은 말할 수 없다.

"고마워, 카토……."

"무슨, 무슨, 무슨…… 무슨, 소리를 하는 거야……?"

평소의 멍한 모습은 완전히 사라졌다.

"고마워……. 고마워, 카토."

"으, 읍……."

양손으로 입을 가리고, 나에게 얼굴을 보여주지 않기 위해 고개를 든 채…….

한 동안 내 말에 아무런 반응도 보이지 않았다.

"그리고…… 또 미안해."

그래도 나는 계속 사과했다.

서클을 향한 카토의 마음을, 애착을, 눈치채지 못했던 것을…….

"미안해."

그저 엄청 남들에게 잘 휘둘리는 편인지라, 서클 활동에 계속 참가해준다고 생각했다는 사실을…….

"미안해, 미안해, 미안해……."

이렇게 좋아한다는 사실을, 눈치채지 못했던 것을…….

어디까지나 우리 서클을, 말이다.

"아, 아…… 아키 군……."

카토는 잠시 동안 천장을 쳐다보며 가만히 있었다.

그리고 다시 나를 쳐다봤을 때, 카토의, 그건…… 말라버렸다.

"지금까지, 계속 참고 있었, 지만……."

아직 목소리가 떨리지만, 평소의 카토라고 말할 수 있는 수준이었다.

……하지만 어째서인지 그녀는 한 손에 방송실 마이크를 쥐고 있었다.

"동료 맞지? 친구 맞지? 에리리도, 카스미가오카 선배도, 미치루도 말이야……."

"으, 응……. 참고로 나도 포함된다고?"

"그럼…… 동료에게 뭔가를 숨긴다든가, 동료 몰래 멋대로 판단을 내려서는 안 되는 거잖아? 보고하고, 연락하고, 상의하는 게 상식 아닐까……?"

"아니, 그건 사회인의……."

"다를 것 없어……. 집단인 이상, 그런 건 어디서나 마찬가지라구."

"미, 미안해……."

스피커에서 흘러나온 카토의 대음량 목소리가 좁은 방송실 벽에 반사되며 울려 퍼졌다.

이 음량의 크기가 바로, 카토가 지닌 원령의 크기…… 아니, 원한의 크기인 것만 같았다.

……역시, 오늘은 전혀 멍하지 않은걸.

"즐거웠어……. 생각했던 것보다, 서클 활동은 즐거웠다구."

"카토……."

"평범한 친구와 평범하게 놀 때보다, 왠지 더 즐거웠어……."

"아니, 그건……."

아마 그건 카토가 서클 멤버들과 우연히도 상성이 좋았기 때문이라는 생각이 들었다.

그것도 그럴 것이 오타쿠 커뮤니티라는 것은 상성이 나쁜 인간이 모이면 믿기지 않을 만큼 처참하게 붕괴되니까 말이다.

"……아키 군이 불화를 일으키기 전까지는 말이야."

"잘못했습니다! 잘못했사옵니닷!"

하지만 그런 태클이 지금의 카토에게 통하지 않는다.

왠지 고약한 술주정뱅이 같고, 성가신 애 같았다.

그런 그녀가 매우 신선했고, 또한 매우 신기했다.

"그리고 타이틀인『시원찮은 그녀^{히로인}』는 또 뭐야? 지금까지 캐릭터성이 없다는 둥, 죽었다는 둥 같은 소리를 잔뜩 듣기는 했지만, 타이틀에까지 그걸 써먹을 줄은 몰랐어."

"시시시, 싫으시면 바꾸겠습니닷!"

……그리고 그런 그녀가 꽤 매력적이라고 느끼고 만 나는, 문제가 있는 것일까?

※　※　※

"그럼 다시 한 번 묻겠는데, 아키 군은 이 체제로 잘 굴러 갈 거라고 생각하는 거야?"

"그, 그야, 처음부터 잘되지는 않을 것 같지만……."

"……너무 무계획적인 거 아냐?"

"죄송합니다, 죄송합니다, 죄송합니닷!"

그 후로도 카토의 푸념은 끝날 줄을 몰랐고…….

방송실이 어두워지자『슬슬 돌아갈까?』라는 의미에서 「남은 이야기는 내 방에 가서 할까?」 하고 농담을 섞어 말했다.

그러자 카토가 그 말에 「알았어.」라고 주저 없이 대답했고, 경악한 나는 이렇게 자기 방에서 카토의 푸념을 끝도 없이 듣고 있다…….

"하지만 이런 건 누구나 처음이니까, 천천히 해 나가면서 익숙해지면……."

"아무리 그래도 나 같은 아마추어한테 오타쿠 서클의 부대표를 맡으라니……, 게다가 멤버들은 하나 같이 엄청난 사람들이잖아."

"카토도 내가 아는 사람들 중에서는 최강의 스태프니까, 아무도 네 앞에서는 고개를 들지 못할 것 같은데?"

뭐, 작년까지만 해도 우리 집에 아무런 주저 없이 따라왔던 녀석이기는 해.

하지만 지금은 두 달 만에 겨우 제대로 이야기를 나눈 사이잖아.

이래서야 원거리 연애 중인 여성이 한시도 떨어지고 싶지 않다면서 남자 집까지 따라온 것 같잖아……. 뭐, 완벽한 내 착각이겠지만 말이다.

※　※　※

"그렇구나……. 에리리도 아키 군 앞에서는 그런 귀여운 소리를 하는구나."

"……그런 감상을 들으면 죽고 싶어지니까 하지 말아줄래?"

"아키 군은 역시 에리리를 좋아하지?"

"카토도 좋아하거든? 그리고 오늘부로 더 좋아하게 됐어!"

"아~, 그러신가요. 부끄러운 건 알겠지만, 지금은 그러지 좀 마."

"으, 으윽……."

"그러고 보니…… 아키 군, 에리리가 첫사랑이라고 전에 말했었어."

"……뭐, 뭐어, 소꿉친구이기도 하니까, 그 녀석이 특별한 건 분명해."

"…………아키 군의 입에서 그런 말이 나오니 소름이 돋네. 뭐, 이게 어떤 감정인지는 모르겠지만 말이야."

"알잖아! 실은 알고 있잖아, 카토!"

그 후로 한 시간 동안…….

푸념을 잔뜩 하는 와중에 집으로 돌아갈 마음이 사라진 카토는 마음을 진정시키기 위해서인지 당연한 듯이 우리 집 욕실에서 목욕을 했고…….

목욕한 덕분에 조금 진정했나 싶더니, 이번에는 내 연애 상담을 하려고 들기 시작했다.

……카토, 너 오늘 뭐 잘못 먹은 거 아냐?

※ ※ ※

"카스미가오카 선배는 졸업하는구나."

"……응."

"고백 같은 건, 안 할 거야?"

"너, 자기가 좀 전부터 말도 안 되는 소리를 잔뜩 늘어놓고 있다는 걸 알긴 하는 거야?"

"하지만 동경하기는 하지?"

"……그 사람을 동경하지 않을 리가 없잖아?"

"……카스미가오카 선배가 아키 군에게만 특별한 모습을 보여주고 있다는 건 알아?"

"…………뭐, 어렴풋이는 알고 있어."

"…………알면서 그런 태도를 취하는 건 좀 문제가 있다고 생각해."

"너, 그만 좀 자."

……정말 뭐가 어떻게 된 겁니까?

카토, 너 평소에 뭔가를 엄청 쌓아두고 있었던 거야?

아, 그러고 보니 최근 두 달 동안 쌓였겠네요. 주로, 아니, 전부 내 탓이네요. 정말 죄송하옵니다.

"그러니까…… 이 기획서로 다시 한 번 그 두 사람을 꼬셔볼 생각이야."

"에리리는 분명 괜찮을 거야. 하지만 카스미가오카 선배는……."

"졸업, 하지……."

"역시 졸업식에 고백할 수밖에 없을 것 같은데?"

"너, 계속 그러다간 나중에 오늘 일을 후회하게 될 거야."

"효도 양도 3학년이잖아. 수험 준비하느라 바쁠지도 몰라."

"그럴 가능성은 카토, 네가 더 크다고."

"아무튼 난관이 잔뜩 있네. ……아키 군, 어떻게 할 거야?"

"가장 큰 난관은 카토가 서클에 참가해주느냐, 인데……."

"지금은 그런 이야기를 할 때가 아냐. 우선 다른 사람들이 서클에 남도록 최선을 다해야만 한다구."

"그, 그래……."

서서히 내려가는 텐션에 맞춰, 밤도 깊어만 갔다.

침대에 누운 카토는 어느새 서클 존속을 위해 골치를 썩이고 있었다.

……잠깐, 언제부터인가 자신이 참가한다는 전제 하에 이

야기하고 있잖아?

"아, 맞다. ……아키 군, 받아."

"이번에는 또 뭐야?"

"좀 전에 편의점에서 산 거야."

"그러니까 , 뭐냐고."

"초콜릿 과자. 블ㅇ선ㅇ."

"……."

"누가 봐도 의리 초콜릿인 걸 알 수 있는 거고, 안 주고 넘어가는 것도 좀 미안하잖아."

"……고마워."

방에 불을 끈 후, 우리는 잠자리에 들었다.

그런데도 우리는 수학여행 온 학생들처럼 계속 이야기를 나눴다.

……뭐, 이런 리얼충 느낌 물씬 나는 수학여행을 체험해 본 적은 없지만 말이다.

"저기, 아키 군."

"응?"

"내일이 되면, 오늘의 나는 잊어줄 거지……?"

"응. 물론이지."

"그렇게 주저 없이 말하니 엄청 수상한데……."

"걱정 말고 나만 믿어."

"엄청 수상한데……."

뭐, 물론…… 잊을 생각은 없다.

내일, 카토의 마법이 풀려 원래대로 돌아온다 할지라
도…….

오늘 본, 이 성가신 카토를, 나는 평생 잊지 않을 것이다.

……오늘 일은 분명, 즐겁고, 낯간지러우며, 모에한 시나
리오가 될 테니까.

제6장

졸업식 고백은 보통 대충 얼버무리면서 끝난다고

3월 길일(吉日)#2, 아침……

평소처럼 2학년 B반의 문을 열자, 평일인데도 불구하고 교실 안은 한산했다.

아니, 그뿐만 아니라 신발장과 복도에서도 누구와도 마주치지 않았고, 누구도 보지 못했다. 평일인데도 불구하고 교내는 한산했다.

그런 평소와 다른 일상을 담담히 받아들인 나는 홀로 자리에 앉아, 아무도 없는 교정을 내려다보며 중얼거렸다.

"……슬슬 시작하겠네."

아니, 정확하게 말하자면 아무도 없는 교정이 아니라, 누군가가 있을 장소…… 체육관을 바라보면서 말이다.

#2 길일(吉日) 매달 음력 초하룻날을 달리 이르는 말.

왜냐하면 오늘은 3월 길일······.

토요가사키 학원의 졸업식 날이기 때문이다.

※ ※ ※

나는 교실에서 잠시 동안 시간을 보낸 후, 복도로 나가 교내를 걸었다.

그것은 오늘, 이 학교를 떠나는 『그녀』와의 추억을 돌아보는 여행이다.

처음 찾은 곳은 물론 시청각실이다.

항상 가지고 다니는 (교칙 위반) 열쇠로 문을 열고 안에 들어가 보니, 왼쪽······ 아니, 동쪽에서 스며드는 햇빛이 실내를 비추고 있었다.

그 빛은 교실을 비추던 빛과 같은데도 불구하고, 묘하게 눈부시고, 왠지 묘하게 신선했으며, 묘하게 어색했다.

그것도 그럴 것이, 우리가 이곳에 있을 때는 항상 석양이 스며들었다.

봄의, 온기가 사라지는 순간의 상냥한 석양.

여름의, 약간의 열기가 느껴지는 높고 강한 석양.

가을의, 약간의 쓸쓸함을 안겨주는 어둑어둑한 석양.

겨울의, 빨리 돌아가라고 재촉하며 사라져가는 듯한 석양.

그런 계절의 변화 속에서, 우리는 항상 변함없이 한심한 설전을 펼쳤지…….

다음에는 도서실……에 들어가고 싶었지만 문이 잠겨 있었기에 문 앞에 서있었다.

작년, 그녀와 처음으로 알고 지내게 되었을 즈음에 한동안 대화를 나눴던 장소.

독서를 좋아하는 그녀는 입학 후 거의 반 년 만에 이곳에 있는 모든 콘텐츠를 제패했다지만…….

그래도 이곳에서 내 당돌한 활동계획을 듣고 어이없어 했으며, 그 성과를 확인하고 또 어이없어했다.

현재 이 도서실 책장에는 『사랑에 빠진 메트로놈』 전 5권이 어느새 다섯 세트나 꽂혀 있다.

그리고 언젠가 이곳에는 『순정 헥토파스칼』이…… 이번에는 1권부터 다섯 권씩 비치될 것이다.

그 다음으로 찾은 곳은, 운 좋게도 문이 잠겨있지 않던 옥상이다.

점심시간에 때때로 이곳에서 독서를 하고 있는 그녀를 우연히 본 적이 있었다.

식사에 전념하는 시간조차 아까운지, 빵을 씹으면서 책을 보다가 때때로 목이 막혀 우유를 마시고는 했다.

내가 말을 걸어도 전혀 반응을 보이지 않았지만, 눈앞에 존재하는 활자의 표현에는 풍부한 리액션을 보였기에 몇 번이나 평범한 종이를 질투했었지.

그 다음은…… 하고 말하고 싶지만, 이제 갈 곳이 없었다.

그 사람은 방과 후 외에는 항상 교실에서 자고 있었기 때문에 거의 만나지 못했다.

……그런 고로 어울리지도 않는 추억 여행은 이쯤에서 끝내기로 한 내가 시계를 보니 아직 열 시도 되지 않았다.

졸업식이 끝나려면 한 시간 정도는 더 있어야 할 것이다.

아침에 일찍 일어났다고 해서 이런 바보 같은 짓은 하지 말 걸 그랬다.

식이 끝나는 시간에 맞춰 학교에 올 걸 그랬다.

왜냐하면, 오늘은 졸업식이 열리는 날이지만…….

그래도, 우리가 작별하는 날은 아니니까.

※　※　※

그 후로 한 시간이 흘렀다.

교실 책상에 엎드려 시간을 보낸 후, 또 교정으로 나갔다.

교정은 아까와 달리 사람들로 넘쳐나고 있었다.

미소를 머금은 채 둘러서서 이야기를 나누고 있는 남자들, 눈물을 흘리며 부둥켜안고 있는 여자 두 명, 왠지 부끄러워하고 있는 남자와 여자, 기념촬영을 하고 있는 남녀 그룹.

교정에 모인 사람들이 하고 있는 행동은 천차만별이지만, 공통점이 하나 있었다. 그것은 전부 얇고 긴 원통을 들고 있다는 점이다.

바로 저 안에는, 졸업증서라는 이름의 작별의 증표가…….

"아……."

"졸업 축하해요……. 우타하 선배."

누군가와의 작별을 아쉬워하고 있는 사람들 안에서 우타하 선배를 찾는 것은 비교적 쉬웠다.

왜냐하면 졸업을 아쉬워하는 분위기 안에서, 유일하게 혼자 빨리 돌아가려고 하는 특이한 사람을 찾으면 되기 때문이다.

"사은회에 참가 안 해요?"

"그럴 필요 없어. 클래스메이트나 담임과 나눌만한 감정은 전혀, 완전히, 눈곱만큼도 없거든."

"역시 가면 외톨이는 무시무시하네요……."

바로 돌아가려고 하는 우타하 선배에게 「지금부터 교실에서 사은회 할 건데…….」 하고 말하는 클래스메이트는 있었다.

하지만 우타하 선배는 그런 친절한 사람들에게 차가운 시선을 보내면서 무시하는, 전혀 어른스럽지 않은 행동으로 그 동급생들과의 인연을 끊었다.

……저 사람들에게 원한 같은 것이 있는 것도 아닐 텐데 말이다.

"하지만 윤리 군이 잠복하고 있을 줄은 꿈에도 몰랐어."

"잠복한 건 맞지만, 좀 더 부드럽게 표현해주세요."

"그런데 왜 사복 차림으로 온 거야? 졸업 기념으로 교복 단추를 전부 떼어가려고 했는데 말이야."

"그런 어른스럽지 못한 소리도 이제 그만 해요. 교복 단추 떼어가는 건 남학생이 졸업할 때 하는 이벤트잖아요."

교문 밖으로 나온 우리는 전철역으로 이어지는 길을 단둘이서 걸었다.

벚꽃이 피기에는 아직 이르고, 바람도 아직 차가우며, 작별의 계절이라는 표현도 확 와 닿지 않는 그런 가로수길을 천천히…….

……그렇게 감상에 잠길 만큼 이 길에 우타하 선배와의 추억이 있지는 않는뎁쇼?

그리고 선배와 같이 이 길을 걷게 된 것도 겨우 한 달 전부터다.

게다가 그때는 에리리도 함께 있었다.

방금 교내에 있을 때도 느꼈지만, 나와 우타하 선배를 이어주는 무언가가 이 토요가사키 학원에는 거의 없다. 아니,

그 이전에 학원물인데도 학원 묘사 자체가 너무 적잖아, 같은 근본적인 문제는 일단 제쳐두겠다.

아무튼 우리 둘의 시간은 이곳이 아니라 『성지』 쪽에 압도적으로…….

"하지만 네가 와줄 거라고는 생각도 못했어……. 얼마 전에 그런 식으로 작별했었잖아."

"아……."

2주 전, 우리는 『성지』 와고 시에서…….

우리 서클이 앞으로 나아갈 방향성에 대해 의견 차이를 보였다.

내리는 눈을 맞고 있던 우리는 거북한 분위기를 지닌 채 헤어졌고, 그 후 지금에 이른 것이다.

우타하 선배의 말대로, 그대로 갈라서더라도 이상하지 않을 만큼 꽤 위험한 상황이었다는 것은 나도 알고 있다.

"혹시 그거야? 더는 관계를 회복할 수 없을 것 같으니, 마지막으로 「추억을 만들고 싶어요, 선배…….」 같은 소리를 하면서 나랑 만리장성을 쌓은 후 그대로 인연을 끊을 속셈? 그렇다면 그 대신 교복 단추를 전부……."

"그럴 생각은 눈곱만큼도 없다고요! 그리고 교복 단추는 이제 그만 포기해요! 하다못해 두 개 정도만 원하라고요!"

졸업식 날에도, 아무리 시리어스한 분위기라도, 이 사람은 거무튀튀한 음담패설을 주저 없이 입에 담았다.

"그래? 다행이야. 오늘은 그런 쪽 일에 대한 대비를 전혀 못해서 평범한 속옷을 입고 학교에 왔거든. 하다못해 집에 돌아가서 옷을 갈아입은 후…… 아, 하지만 졸업 기념이라고 하면 교복 플레이겠지. 그럼 속옷만 갈아입고……."

"이제 그쪽 이야기 좀 그만해요!"

하지만 이것은 분명 우타하 선배의 배려일 것이다.

일전의 거북한 분위기를 없애, 나에게 다시 한 번 이야기를 할 찬스를 주려는 상냥함이 틀림없다.

……그렇죠? 맞죠?

"서클에 관한 일로 선배와 할 이야기가 있어요."

"…………."

일단 그렇게 믿기로 한 나는 본론에 들어갔다.

"나…… 앞으로 서클을 계속 유지할 방법을 생각해봤어요."

"……그랬구나."

우타하 선배는 내가 이런 말을 할 것을 예상했을 것이다.

핑크빛 암흑 모드를 금세 집어넣은 선배는 내 말을 진지하게 듣기 시작했다.

"그러니까 우타하 선배……. 나에게 조금만 기회를 줘요."

"……알았어."

그러니, 승부다.

아직, 추억으로 만들 수는 없다.

앞으로도 우타하 선배와 함께 하는 일상이 계속될 수 있도록.

우리의 『blessing software』의 미래를 위해서.

내 탓에 한 번은 잃어버렸던 꿈같은 시간을, 내 손으로 다시 되찾기 위해.

나의, 다음 꿈을 위해서.

자아, 지금부터 두 배로 갚아주…… 아, 이 말은 너무 유행한 바람에 금세 고리타분해질 것만 같아서 쓰기 좀 그리네. 뭐, 이미 써버렸지만 말이야.

※　※　※

"기획서……?"

"예. 신작, 차기작, 세컨드 프로젝트!"

몇 번 왔는지도 기억나지 않는, 그리고 한창 전국적으로 퍼져나가고 있는 통나무집 풍의 카페.

나는 그곳의 4인용 테이블 위에 두꺼운 종이 다발을 올려놓았다.

"이제 막 걸음마를 뗀 초기 단계라 계속 다듬어 나가야할 수준이에요."

그 종이 다발의 표지에는 『■동인 게임 기획서(제2판)

20XX/02 아키 토모야』라고 적혀 있었다.

"하지만 이걸 모두와 함께 만들고 싶어요. 우타하 선배와, 에리리와, 일단 미치루와, 나와…… 그리고 카토까지 말이에요."

표지에 적힌 문구는, 일전에 카토를 상대로 프레젠테이션을 했을 때보다 이 기획서의 내용물이 조금 더 진보했다는 사실을 가리키고 있었다.

"나, 역시…… 앞으로도 우타하 선배가 우리 서클의 활동에 참가해줬으면 해요."

왜냐하면, 우타하 선배는 필요하다.

내가 앞으로도 게임을 만들기 위해서는, 우타하 선배의 도움이 반드시 필요하다.

그것도 그럴 것이, 선배는 프로이고, 인기 작가이며, 무엇보다 내 목표다.

……그리고 설령 도움을 받지 못하더라도, 선배와 함께 즐거운 시간을 보내고 싶다.

"그러기 위해서는 우타하 선배가 참가할 마음이 드는 기획을 세울 수밖에 없다고 생각했어요."

"그래서 이 기획서를 준비한 거야?"

"예."

정열만을 강조해서도, 떼를 부려서도, 억지를 부려서도

안 된다. 선배가 이 서클에 남는 것이 옳다고 생각하게 만들어야 하는 것이다.

꿈같은 소리만 해서는 안 된다.

자신의 꿈을 실현시킬 수 있는 이미지를 그려내야만 한다.

이 프로젝트에 참가하고 싶다고 생각하게 만든다……. 프로조차도 그런 판단을 내리게 할 필요가 있는 것이다.

"그럼 읽어볼게."

"……잘 부탁해요."

이 기획서로, 그 판단을 이끌어낸다.

물론 어렵다는 것은 알고 있다.

카토 때처럼 기세로 밀어붙이거나 얼버무리는 것은 무리다.

그것도 그럴 것이 상대는 프로 크리에이터다.

그리고 지금까지와 달리, 내가 아마추어라고 해서 봐주지도 않을 것이다.

그렇기 때문에 나는 한 사람의 서클 대표로서 싸울 수밖에 없다.

친구나 선배라고 해서 봐줄 거라고 생각하는 것은 오산이다.

프로 수준까지는 바라지 않겠지만, 그래도 동인 집단으로서 함께 해나갈 수 있다는 사실을 십여 분 사이에 증명해야만 하는 것이다.

※ ※ ※

"······네 기획서, 잘 읽었어."

"예······."

그리고 그 십여 분이 지났다.

우타하 선배는 차분하게 내 기획서를 끝까지 읽어줬다.

때때로 혼잣말을 중얼거리거나, 몇 번 정도 앞 페이지를 다시 읽어보기도 했고, 한 동안 어떤 페이지에서 눈을 떼지 못했다.

1년 전 그때에 비해 훨씬 진지하게, 내 기획서를 체크하고 있었다.

······뭐, 그 이유는 내가 1년 전에 비해 훨씬 진지하기 때문이겠지만 말이다.

"여기 적힌 것 이외에도 확인해봐야 할 것이 많지만, 완성형의 이미지는 얼추 잡을 수 있었어."

"그, 그래요······?"

"응. 잘 만들었어, 윤리 군. 기획으로서는 75점······ 정도일 거야."

"오오오······!"

1년 전에 비해 75점이나 점수가 올랐다······!

최고라고 할 수준은 아닐지라도, 합격점이라고 할 수 있는 점수를 줬다.

"그래……. 확실히 전기 풍 어레인지가 이 서클의 방향성을 조금 바꿔버린 걸지도 몰라."

"아, 그것 자체는 아무 문제없어요. 그에 걸맞은 완성도를 보여줬잖아요."

"응. 알아……. 하지만 그 탓에 내 성향이 강하게 드러났다는 점은 부정할 수 없어."

"하지만 그렇기 때문에 『blessing software』는 스토리를 중시하는 작품을 낸다는 이미지가 생겼어요. ……그리고 다음에 이 작품을 내면 의외성이라는 의미에서 상당한 임팩트를 자아낼 수 있을지도 몰라요."

"뭐, 찬스는 곧 리스크이기도 하지만……."

"그런 부분에서 공격적으로 나서야 동인이라고 할 수 있잖아요?"

"……말솜씨가 늘었네, 윤리 군."

아니, 점수만 잘 받은 것이 아니다.

우타하 선배는 내 기획서에 대한 감상을 말했을 뿐만 아니라 나와 토론을 하려고 했다.

그것은 내 기획이 검토할 가치가 있다는 사실을 뜻했다.

"하지만 이래서는 시나리오라이터에게 엄청 부담이 될 것 같은데?"

"……뭐, 그건 각오하고 있어요."

"각 히로인별로 리액션과 스토리가 달라. 그리고 그 바리에이션이 너무 방대해……."

"뭐, 그 대신 스토리는 일상물로 잡아서 세세한 설정과 고증 등에 걸리는 시간을 줄여볼까 해요. ……이번에는 그런 것보다 캐릭터에 중점을 두고 싶거든요."

"그래도 이 볼륨이면 무시할 수 없는 양이야. 히로인 한 명 한 명에게 전부 다른 리액션을 만들어줘야 하잖아?"

"뭐, 그게 매력 포인트니까요."

"이벤트를 중복 시키는 건 어떨까?"

"그렇게 해버리면 이 작품의 매력이 반감될 거예요."

"그래. 이벤트가 같다면 각 히로인의 매력이 그대로 스포일러로 작용할 거야……. 그래도 각 캐릭터별로 따로따로 작업하는 게 아니라, 체계를 잡아서 시나리오를 짠다면 조금은 부담이 줄지도 몰라."

"그게 무슨 소리예요?"

"각 캐릭터의 성격과 특징을 종적으로, 그리고 일어날 수 있는 이벤트 내용과 장소를 횡적으로 배치해서 교차점을 하나하나 메워나가는 거야. 그러면 이벤트 내용이 겹치는 것을 막을 수 있고 시각적인 바리에이션이 얼마나 풍부한지도 확인할 수 있어."

"아하…… 그렇게 하면 효율적일지도 몰라요."

"게임 내용에 관한 작업량 자체는 줄일 수 없을 거야. 그래도 시간 낭비를 최대한 줄이려는 노력을 하지 않으면 이 기획은 파탄나고 말 거야."

"⋯⋯명심할게요."

으으, 즐거워. 너무 즐겁다고⋯⋯.

정말, 아이디어가 쉴 새 없이 솟아났다.

「맞아요! 나도 그렇게 생각했어요!」라든가 「역시 우타하 선배!」 같은 반응을 보일 시간이 없었다.

이래서 우타하 선배와의 브레인스토밍#3을 관둘 수가 없다.

예전에는 내가 전혀 따라가지 못했지만⋯⋯.

내가 더욱 레벨업한다면, 이 시간은 더욱 유익하고 즐거울 것이 틀림없다.

"확실히 힘들 거예요. ⋯⋯그래도 꿈은 아니에요. 비현실적이지 않은 레벨이라고 개인적으로 생각하는데⋯⋯ 우타하 선배는 어때요?"

"가능해⋯⋯. 하지만 이 인원으로 1년 안에 완성할 수 있을까?"

"그러니까 그런 점은 내가 커버⋯⋯."

"윤리 군도 이제 3학년이잖아? 수험 준비는 어떻게 할 거야?"

"꼭 그렇게 현실을 직시하게 해야겠어요?!"

#3 브레인스토밍(brainstorming) 일정한 테마에 관하여 회의형식을 채택하고, 구성원의 자유발언을 통한 아이디어의 제시를 요구하여 발상을 찾아내려는 방법.

……뭐, 내 진로는 일단 제쳐두더라도 말이다.

※　※　※

"그럼, 우타하 선배…… 내 기획에 참가해주겠어요?"

논의를 하느라 입이 지친 우리는 음료수를 추가로 주문했다.

그리고 한 동안 조용한 시간을 보낸 후, 나는 다시 천천히 입을 열었다.

"만약 부담이 크다면 조금만이라도 괜찮아요. 루트 하나만이라도 괜찮아요. 아니, 감수만 해줘도 된다고요!"

지금 시점에서 내가 할 수 있는 것은 전부 했다.

그렇기에 남은 것은 하늘에 비는…… 아니, 우타하 선배에게 판단을 맡기는 것뿐이다.

"그러니까…… 부탁해요!"

"…………."

우타하 선배는 깊이 고개 숙인 나를 지그시 바라보았다.

그녀의 눈동자에 맺힌 결단이 어느 쪽을 뜻하는지, 이때의 나는 알지 못했다.

그 정도로 그녀의 눈동자에는 지금까지 한 번도 본 적이 없는 진한 망설임의 빛이 어려 있었던 것이다.

그런 망설임을 풍기고 있는 우타하 선배의 입에서 나온

말은…….

"……사와무라 양에게는, 이미 물어봤어?"

"에리리한테요?"

내가 예상했던 내용과는 전혀 달랐다.

"스태프 란에 사와무라 양의 이름이 있었잖아? 그녀는 뭐라고 대답했어?"

"그게…… 아직 안 물어봤어요."

"그랬구나……."

"아, 혹시 에리리가 슬럼프에 빠진 것 때문에 그러는 거예요? 그거라면 기획서에 적혀 있는 것처럼 여러모로 백업을 준비……."

"그래…… 내가, 먼저구나."

"예?"

"내가 말해야만 하는 거네……. 정말 약아빠졌어, 사와무라 양."

"우타하 선배……?"

우타하 선배는 그렇게 중얼거린 후, 눈을 감으면서 천장을 올려다보았다.

하지만 일전의 카토처럼 감정이 폭발한 것처럼은 보이지 않았다.

마치 깊은 바다 속으로 가라앉고 있는 듯한, 그런 둔중함을 지니고 있었기에…….

덩달아 내 머릿속에서도 무거운 불안이 고개를 쳐들고 있었다…….

"미안해, 토모야 군……. 나는 이제, 너와 함께할 수 없어."

※ ※ ※

"어째서죠……?"
거절당할지도 모른다고, 아니, 거절당할 가능성이 크다고 생각하기는 했다.
"선배, 재미있어 보인다고 했잖아요."
거절당한다면 순순히 물러나자고 결심했었다.
못난 꼴을 보이지 말자고 결심했었다.
"내 기획에 엄청 관심을 보였잖아요……."
하지만 우타하 선배의 반응이 너무 긍정적이었기 때문에, 나는 순순히 물러나지 못하고 못난 꼴을 보이고 말았다.
"간단해……. 네 기획에 참가할 여유가 없어."
"……선배에게도, 에리리에게도 큰 부담을 주지 않을 거예요."
"그래서야, 토모야 군."
"예……?"

그리고 그런 못난 꼴을 보인 대가를 치르게 되었다.

듣지 않았으면, 몰랐으면 좋았을 진실을, 우타하 선배에게서 끄집어내고 만 것이다.

"너는 그 점을 해결하지 못했어. ……사와무라 양에게도, 나에게도, 무리를 강요하지 못해."

"하지만 우타하 선배는 엄청 바쁘잖아요. 그리고 에리리는……."

"우리가 다른 모든 것을 집어던지더라도……, 몸과 마음이 부서져도 괜찮다고 생각할 만한 기획을 내놓지 못했어."

"그건…… 지금의 나한테는 무리예요."

"그럼 지금의 너한테는 우리와 함께하는 건 어차피 무리였다는 거야."

"윽……."

그것도 그럴 것이, 상대는 프로다.

지금까지 나에게 어울려 준 것이 이상할 정도의 인기 작가다.

그런 사람을 필사적으로 만드는 것은, 동인 레벨에서는 도저히 무리다.

"우리 같은 크리에이터는 말이야……. 「무리하지 않아도 돼」라는 말을 듣는 순간, 성장이 멈추고 말아. 무리한 마감이 있고, 납기일과 퀄리티의 밸런스와 싸우며, 목숨을 건 승부를 하지 않으면 성장할 수 없어."

우타하 선배의 선언은 뜨겁고, 강하며, 그리고 동경하고 싶을 만큼 멋졌지만……

"그러니 토모야 군. 너는 프로듀서 체질이 아냐. 남에게 지옥을 보여준 후 자기만 일찌감치 돌아갈 수 있어야만 해. 죄책감이 든 탓에 크리에이터를 자신의 뜻에 따르게 할 수 없다면, 프로듀서로서는 실격이야."

하지만 지금의 내가 그런 각오를 하는 것은 무리였다.

"우타하 선배는……."

"응?"

"그런 프로듀서와 만난 거예요?"

"만나자마자 죽으라는 말을 들었어."

"뭐……."

"하지만 기획서를 봤더니, 죽는 것도 괜찮겠다는 생각이 들었어."

"어, 어……."

"인간적으로는 정말 싫지만 말이야. ……정말, ㅇ어버리면 좋겠다니깐."

그 정도의 각오를 강요할 수 있는 사람은, 아무리 상업 쪽이라해도 그렇게 많지 않을 것이다.

그리고 그런 악랄한 소리를 할 수 있는 업계인이라면, 소문으로 들어본 것까지 합쳐도 겨우 몇 명……?

잠깐만, 어라……?

『——씨를 조심해.』

"우, 우타하 선배……. 혹시나 해서 물어보는 건데요. 저기, 그러니까……."

"……어차피 곧 들킬 일이었어."

내 얼굴이 점점 파랗게 질리자, 우타하 선배는 가볍게 한숨을 내쉰 후 가방에서 커다란 봉투를 꺼내 테이블 위에 올려놓았다.

"이게, 뭐예요?"

"너한테는 보여줘도 된다는 허가는 받아뒀어……. 하지만 아직 극비니까 아무한테도 말하면 안 돼."

"윽……."

나는 떨리는 손으로 봉투를 열어봤다.

그 안에 무엇이 있을지, 원래라면 내가 알고 있을 리가 없을 것이다.

하지만 표지에 적힌 기획자의 이름만으로 확신이 섰다.

『필즈 크로니클 최신작(가제) 기획서(제1판) 20XX/02 코사카 아카네』

"앗……?!"

들어맞았다.

내 불길한 예감은 완벽하게 적중하고 말았다.

하지만 이 한 줄의 문장에는 그 외에도 엄청난 폭탄이 숨겨져 있었다…….

"필즈 크로니클……."

"토모야 군이라면 당연히 알겠지?"

그것은 안다. 모른다 같은 소리를 할 레벨의 타이틀이 아니었다.

필즈 크로니클…….

오사카에 있는 대형 게임메이커인 마르즈에서 내고 있는 RPG 시리즈다.

매년 신작이 나오기 때문에 콘슈머 게임 업계에서는 연례행사가 되고 있을 정도의 인기작이다.

지금까지 발매된 시리즈는 넘버링 타이틀만 해도 열두 편이나 되며, 스핀오프인 액션 격투 게임이나 보드 게임 등을 포함하면 스무 편이 넘는 장수 시리즈다.

시리즈 누계 매상은 1000만 단위 이상이며, 지금도 신작이 나올 때마다 수십 만 장 단위로 팔리기에 마르즈를 떠받치는 기둥이라고 해도 과언이 아니다.

그런 인기 시리즈의 최신작을 코사카 아카네가 담당한다는 것은 그야말로 엄청난 스쿠프다.

아니, 그 뿐만 아니라…….

"『필즈 크로니클』의 시나리오를……? 우타하 선배가……?"

"응. 뭘 잘못 먹었는지는 모르겠지만 나보고 맡아 달래."

우타하 선배는 가벼운 말투로 말했지만, 이것은 그렇게 가벼운 사안이 아니다.

확실히 이 작품의 캐릭터 디자인과 시나리오에는 매번 다른 크리에이터가 기용됐다.

게다가 인기 절정의 작가뿐만 아니라, 이제 막 인기를 끌려 하는 신인이 기용된 적도 있다.

그리고 이 작품에 참가한 신인은 전부 스타덤에 오른다고 하는 패턴이 존재했다.

……그렇다. 코사카 아카네가 발굴해낸 크리에이터와 같은 미래다.

어쩌면 코사카 아카네와 『필즈 크로니클』의 관계는, 언젠가 반드시 이뤄질 수밖에 없었던 최강의 콜라보레이션일지도 모른다.

……하지만 냉정하게 이런 소리를 할 수 있는 것은, 이 대사건이 나와 전혀 관계없는 곳에서 벌어졌을 때다.

"딱히 타이틀 때문에 받아들인 건 아냐. 나는 그 게임을 해본 적도 없거든."

기획서를 한 장도 넘기지 못하는 나를 보고 안달이 난 것일까, 우타하 선배는 읽을 것을 강요했다.

하지만 나는 이 기획서의 내용물을 보는 것조차도 괴로 웠다.

왜냐하면 이것은 분명…….

"우와……."

그렇다. 분명, 엄청 가슴이 뛰고 말 것이다.

앞부분에 있는 이미지 보드를 본 순간부터 마음을 빼앗 기고 말았다.

그것은 단순한 배경화에 지나지 않지만…….

비정상적일 만큼 세밀한 터치, 선명하기 그지없는 색채, 금방이라도 뛰쳐나올 듯한 약동감.

「아아, 이거야말로 필즈 크로니클이야…….」라고 생각하며 단숨에 납득할 만큼 독자적인 세계관을 그림 한 장으로 표 현하고 있었다.

"아, 아하, 아하하……."

그 다음 페이지도 압도적이었다.

러프가 대체 몇 장이나 되는 거야…….

설정이 대체 얼마나 되는 거냐고…….

이걸 만드는 데 얼마나 많은 에너지와 시간과 재능을 쏟 아 부은 건데…….

이걸 하나부터 열까지 다 만든 거야? 그 코사카 아카네 가?

그렇게 많은 코믹스와 애니메이션을 담당하고, 그렇게 많은 작품을 감수하며, 그렇게 많이 외부에 노출되고 있는 사람이?

그렇게 많은 일을 하면서 이런 기획서까지 만들다니, 정말 믿기지가 않았다.

"너라면…… 자신의 기획서와 이 기획서, 두 개를 받고 「어느 쪽을 선택할래?」라는 질문을 받았을 때, 어떻게 하겠어?"

"으……."

솔직히 말하자면, 내가 코사카 아카네와 비교당하면서 「네가 졌어.」같은 말을 듣고 있다는 것 자체가 믿기지 않았다.

나보고 이렇게 엄청난 퀄리티를 지닌 기획서에 버금가는 걸 만들라는 거야?

솔직히 말해 그건 말도 안 되는 소리 아냐?

승산이 눈곱만큼도 없는 싸움이잖아.

"언제부터예요……?"

"처음 그 사람과 대화를 나눈 건, 겨울 코믹마켓 때야."

평소 같으면…… 우타하 선배가 이런 엄청난 타이틀에 참가하게 된 것을 뛸 듯이 기뻐했을 것이다.

발매되면 블로그를 통해 마구 추천을 하면서, 친구들에게 포교하고, 매장 특전의 숫자만큼 같은 타이틀을 사댔을 것이다.

"우리가 만든 『cherry blessing』을 플레이했다면서……,

아직 코믹마켓이 시작되기도 전이었는데 어떻게 구한 건지는 모르겠지만 아무튼 절찬을 했어."

그 코사카 아카네가 우리가 만든 게임을 플레이했다니…….

게다가 높이 평가했다니…….

자신의 서클이 같은 장르에서 승부를 하고 있었는데, 게다가 매상에서는 완전히 이기고 있었는데도 불구하고 우리를 높이 사다니…….

원래라면, 고함을 지르며 감격했을 것이다.

"그 후, 후시카와 서점을 경유해서 정식으로 오퍼가 들어왔어. ……마치다 씨가 저항했지만, 편집부보다도 윗선에서 들어온 이야기라 어쩔 수가 없었어."

하지만 그렇다고 해도, 이건…….

그런 거물이 왜 내 서클을 노리는 건데.

왜 이렇게 어른스럽지 못한 짓을…….

"나는 그 방식이 마음에 들지 않아서 절대 받아들이지 않을 생각이었어……. 하지만."

"그때, 이 기획서를……?"

"보여준 건 그것만이 아냐. ……그 여자, 진짜로 제정신이 아냐."

"그게 무슨……?"

"쯧……."

우타하 선배는 혀를 차면서도 미묘하게 황홀한 표정을 짓더니, 그리고 그 일에 대해서는 더 이상 이야기하지 않았다.

"미안해, 토모야 군."

어느새 우타하 선배는 나를『윤리 군』이라고 부르지 않았다.

나를 놀리기 위한, 야유하기 위한 호칭을 쓰지 않았다.

그건, 즉⋯⋯.

"선, 선배⋯⋯ 우타하 선배⋯⋯."

나를, 동료가 아니라고⋯⋯.

놀려서는 안 되는, 야유해서는 안 되는, 타인이라고⋯⋯.

그렇다. 그것은 그녀가 이미 결심을 내렸다는 사실을 뜻했다.

"하, 하, 하지만⋯⋯."

변명, 공격, 반론, 애원 같은 격렬하면서도 한심한 마음이 차례차례 내 안에서 흘러나오려 했다.

「하지만 우타하 선배는 말했잖아요.」

「에리리와 함께 다시 한 번 작품을 만들고 싶다고요.」

「카시와기 에리의 그림으로,『cherry blessing』을 뛰어넘는 작품을 만들고 싶다면서요.」

「그럼, 그럼, 우리 서클이라면⋯⋯.」

「에리리⋯⋯ 카시와기 에리가 있는, 우리『blessing software』라면⋯⋯.」

"……미안해, 토모야 군."

하지만 선배는 내가 무슨 말을 할지 아는 것처럼, 또 한 번, 울 것 같은 목소리로 사과했다.

"아마, 지금부터 내가 하는 이야기야말로, 내가 너에게 저지른 가장 큰 배신일 거야."

"……예?"

"코사카 아카네가 노린 진정한 표적은…… 내가 아니었어."

※　※　※

■스태프 :

기획·설정·스토리 원안·캐릭터 원안 : 코사카 아카네

각본 : 카스미 우타코

캐릭터 디자인 : 카시와기 에리

"……이게, 뭐야?"

"…………미안해."

"이게, 뭐냐고……."

"용서해줘, 토모야 군."

완전히 잊고 있었다.

"업계의 암묵적인 룰을 어기는 짓이라는 건 알지만 어쩔 수 없어."

정식으로 계약만 맺는다면『콤비로 작품을 히트시킨 크리에이터들을 통째로 스카우트』하는 것 자체는 룰 위반이 아니다.

하지만『업계의 인의(仁義)에서 어긋나는 행위』이기에 기피되는 경우가 많다.

하지만 코사카 아카네는 지금까지 그런 인의를 셀 수도 없이 깼다.

그 때문에 법정 사태가 벌어졌다는 소문도 있다.

"토모야 군에게……, 너에게 미움 받아도 어쩔 수 없어."

하지만, 하지만, 그런 게 아니라…….

"그래도 나는 다시 한 번, 카시와기 에리와 콤비를 이루고 싶었어…….'"

"거짓말…….'"

우타하 선배와 달리 에리리는 프로가 아니다.

이런 엄청난 기획에 발탁될 만한, 그런 그릇이 아니라고.

왜냐면, 왜냐면…….

"거짓말……이야.'"

그런 압박감을 견뎌낼 만큼 강하지, 않아.

내 서클을 관둘 리가, 없어.

내가 지켜줘야만, 한다고.

※　※　※

떨리는 손으로 스마트폰을 조작했다.

주소록을 펼치는 방법도, 통화이력을 표시하는 방법도 한 순간 잊고 말았다.

호출음이 몇 번 울렸는지도 생각나지 않았다.

그렇게 고생한 끝에, 겨우 듣게 된, 그 목소리는…….

『미안해…….』

너무나도 눈물에 젖어 있어서, 무슨 말을 하는지도, 알 수 없었다.

『미안해, 토모야…….』

제7장

챕터 제목을 무엇으로 하든지 간에 스포일러가 될 거야

From: 『사와무라 에리리』〈e-lily@○○○.○○〉
To: 『토모야』〈T-AKI@○○○.○○〉
Subject: 토모야에게
Date: Sat ○○ Mar 03:21

무슨 말부터 해야 할지 모르겠어.
그러니까, 일단 생각나는 대로 적을게.

우선…… 카스미가오카 우타하를 탓하지 마.
이건 내가 생각해서 결정한 거야.
토모야와 상의하지 않은 건 정말 미안해.
하지만 상의했다간, 분명 무너지고 말았을 거야.
토모야의 곁에 있는 걸 선택해 버릴 게 분명해.
그래서 혼자 고민한 후, 혼자 결심했어.

내 결단을 듣고도, 카스미가오카 우타하는 아무 말도 하지 않았어.

그 뿐만 아니라, 결과적으로 본다면 내가 그녀를 휘말리게 했어.

그녀는 나를 지키기 위해 나와 함께 가는 길을 선택했어.

그러니까 카스미가오카 우타하한테는, 화내지 말아줘.

※　※　※

『내가 명함을 받은 탓에, 사와무라 양과 코사카 아카네는 만나고 말았어.』

『……결국, 내가 그녀를 팔아넘긴 거나 마찬가지야.』

『그게 분했어. 너무 분해서 죽고 싶을 만큼 통한의 실수야.』

『하지만, 하지만 말이야……. 그것이 유일한 희망이었어.』

『그녀의 성공을 위해서가 아닌, 그녀의 부활을 위한 희망.』

『그것이야말로 그녀가, 크리에이터로서 무너지지 않고 살아남을 최후의 찬스였어.』

『그리고, 내 소망은 이뤄졌어.』

『카시와기 에리는 부활했어……. 코사카 아카네에 의해서 말이야.』

※　※　※

From: 『사와무라 에리리』〈e-lily@○○○.○○〉
To: 『토모야』〈T-AKI@○○○.○○〉
Subject: 토모야에게(2)
Date: Sat ○○ Mar 07:05

코사카 아카네는 내 그림을 알고 있었어.
이유는 모르겠지만, 만나기 전부터 나를 알고 있었어.
네 서클은 그 코사카 아카네에게 마크 당하고 있었다구.
그건 엄청 자랑할 만한 일 아냐?
……미안. 나한테 이런 말 들어봤자 짜증밖에 안 나겠지.

코사카 아카네는 처음 만난 나에게 엄청 무례한 소리를
했어.
내 슬럼프를 전부 부정한 거야.
내가 그리지 못하게 된 건, 눈만 높아지고 실력이 그에 따
라가지 못해서래.
실력이 없기 때문에, 자신의 실력이 서툴기 때문에…….
그게 너무 부끄러워서 그림을 그리지 못하게 된 거라고

깔깔 웃으면서 말했어.

그리고 진짜로 내 그림을 부정했어.
자신의 그림과 표현력으로, 완전히 박살을 냈어.
그렇게 어른스럽지 못한 어른은 태어나서 처음 봤다니깐.

너무 분하고, 부끄럽고, 지기 싫었어…….
그런 괴물에게 이길 수 있을 리가 없지만, 그래도 나 자신
에게는 지고 싶지 않았어…….

정신 차리고 보니, 다시 그림을 그릴 수 있게 됐어.
……이게 현 시점에서의 내 최고 걸작이야.

※　※　※

"…………대단해."
천천히 떠오르는 태양이 밖을 비추기 시작한다.
해가 떠오르기 직전의, 가장 어두운 시간대.
에리리가 보낸 메일에 첨부된 그림 파일을 클릭하자, 『미
소를 지으려다 실패한 채, 눈물을 흘리고 있는 메구리』가
띄워졌다.
그것은 에리리가 한 달도 더 전부터 그리지 못했던

『cherry blessing』의 새로운 패키지 일러스트였다.

「이렇게 엄청난 그림이기 때문에 그리는 데 한 달 넘게 걸렸다」는 말을 들어도 납득이 될 만큼…… 그『일곱 장의 그림』조차 능가할 정도의 압도적인 퀄리티로 내 눈을 사로잡았다.

소름이 돋을 만큼, 귀엽고, 아름다우며, 고귀했다.

하지만 지금까지의 순수하게 귀여운 메구리와는 달랐다.

소름 끼칠 정도로 어둠을 느끼게 하는 루리가 빙의된 것처럼 보이지도 않았다.

진심에서 우러난 한탄, 그리고 슬픔.

하지만 눈앞에 있는 상대에게는 그것을 표현할 수 없기에…….

그래서 필사적으로 그것을 숨기려다 실패하고 말았다…….

그런 복잡한, 그리고 투명한 마음이 순식간에 머릿속으로 흘러들어올 만큼 미묘한 표정 변화를 압도적인 터치로 그려내고 있었다.

"대단해, 에리리……."

우타하 선배의, 그리고 에리리 본인의 말대로였다.

사와무라 스펜서 에리리는…….

일러스트레이터 카시와기 에리는, 완전히 부활했다.

……온전히, 자기 힘만으로 말이다.

※　※　※

『아마, 너라면 지금이라도 사와무라 양을 잡을 수 있을 거야.』

『더는 그림을 그리지 말고 내 곁에 있으라고…….』

『진심을 다해 그렇게 말한다면 그녀는 바로 마음을 열거야.』

『하지만 그게 사와무라 양이 진심으로 원하는 미래일까?』

『토모야 군이 생각하는…… 이상적인 그녀의 장래일까?』

『나는, 앞으로도 카시와기 에리의 그림이 보고 싶어.』

『그녀가 더욱 성장해서 정상의 자리까지 올라가는 모습이 보고 싶어.』

『동료로서만이 아니라, 카시와기 에리의 열광적인 팬으로서, 신자로서 말이야.』

『그리고 그 곁에서 내가 함께 빛날 수 있다면…….』

『겸사겸사, 내가 그녀를 조금이라도 빛나게 할 수 있다면…….』

『작가로서, 그것보다 더 기쁜 일은 없을 거라고 생각해.』

※　※　※

From:『사와무라 에리리』〈e-lily@○○○.○○〉
To:『토모야』〈T-AKI@○○○.○○〉
Subject: 토모야에게(3)
Date: Sat ○○ Mar 17:38

나, 토모야가 곁에 있으면 그림을 그릴 수 없어.

토모야도 나에게 그림을 강요하지 못해.

그러니 내가 서클에 남아있으면, 우리 둘 다 무너져버리고 말 거야.

그런 건 용납할 수 없어.

그림을 그리지 못하는 나는, 내가 아냐.

왜냐면 나는 오타쿠이자, 크리에이터야……

그 외에도 여러 가지가 있지만, 그 두 개만은 절대 버릴 수 없어.

그 외에도 버릴 수 없는 게 있지만, 지금은 제쳐둘래.

자신도 대단하다고 생각하는 그림을 그리고 말았으니까.

천국을 알고 말았으니까.

그리고 다시 한 번, 천국을 볼 방법을, 알고 말았으니까…….

그러니까, 나는 갈게.

또, 멀어져 버려서 미안해.

화해하자마자 이런 짓을 해버려서, 미안해……

P. S.

토모야가 나 대신 메구미에게 사과해줘.

나, 메구미를 직접 만나 사과하지는 못할 것 같아.

앞으로도 계속 친구로 있어달라는 말을 할 순 없지만……

나는 계속, 앞으로도 메구미를 좋아할 거라고 전해줘.

P. S.

그리고, 그리고 말이야…….

나, 그래도 토모야가…… 잘 있어.

※　※　※

『그리고 말이야. 나, 실은 토모야 군을 괴롭혀주고 싶었어.』

『오늘이 아니더라도, 언젠가 내가 이렇게 너에게서 떠나갔을 때…….』

『분명 너는 언젠가 나를 잊을 거야.』

『하지만 평생 사라지지 않을 트라우마를 너에게 심어준다면 어떨까?』

『그러면 분명, 너는 나를 잊지 않을 거야.』

『그러니 너와의 추억을 최악의 형태로 더럽히는 것도 재미있을 것 같다고 생각했어.』

『……그리고 또 하나의 이유가 있지만, 그건 말해주지 않을래.』

『그 이유를 말해주면, 너는 구원받고 말 거야.』

『나는 너에게 미움 받고 싶으니까, 평생 네 기억에서 지워지고 싶지 않으니까, 그러니까 말해주지 않을 거야.』

※　※　※

"그래…… 토모야 군도 결국 잡지 못했구나."

"응…… 나를 생각해서 모처럼 해준 경고를 헛되이 해서 미안해."

졸업식이…….

그 격동의 나날이 어느 정도 옛날이야기가 되어버린, 어느 봄방학 날의 오후.

"아니, 신경 쓰지 마……. 어차피 아카네 씨의 레이더에

포착된 시점에서 체크메이트인 거나 마찬가지거든."

"그렇구나……."

지난달에 한 번 방문했던, 집에서 두 역 정도 떨어진 곳에 있는 커피숍.

나는 그곳에서 지난달에 한 번 만났던, 하시마 이오리와 얼굴을 마주하고 있었다.

"나도 「하다못해 서클 대표를 만나서 제대로 양해를 구해야 한다.」고 아카네 씨에게 말하기는 했어. 하지만 그 사람은 그런 건 안중에도 없는 사람이거든."

"……여러 사람에게 이야기를 들어보니, 코사카 아카네는 『잔혹한 어린애인 채로 어른이 되고 만, 바보와 종이 한 장 차이 나는 천재』 같아."

"아, 적절한 표현이네. 딱 그런 느낌이야."

"……정말?"

"응, 진짜야. 겉모습만 보면 그렇게 보이지 않지?"

"겉모습은 기억도 안 난다고. 중학교 때, 네 소개로 한 번 인사를 나눴을 뿐이잖아."

"아, 그래……. 그러고 보니 그런 걸로 되어있었지."

"무슨 소리 하는 거야?"

반 년 전, 이 녀석은 에리리를 코사카 아카네의 서클이기도 한 『rouge en rouge』로 영입하려한 장본인이다.

그런 불구대천의 원수지간인 우리가 이렇게 패배감을 곱

씹으며 마주앉아 있으니 불가사의한 기분이 들었다.

"그건 그렇고, 생각했던 것보다 상태가 괜찮아 보여 안심이야. ……나는 너한테 몇 대 맞을 각오로 연락을 했거든."

"그거 좋은 생각이네. 그럼 지금 바로 옥상으로 가자."

"상태를 보아하니 새 학기가 시작되면 학교에 나올 것 같네. 정말 다행이야. 이제 와서 네가 은둔형 외톨이가 되어버리면 여러모로 곤란하거든."

"이미 늦었어. 오늘도 거의 보름 만에 외출한 거야. 지금도 밤이 되면 발작을 일으키며 울부짖어."

"그게 사실이라면, 오늘 찻값은 내가 살게."

"그래? 그거 잘됐네. 그럼 오늘밤부터 방에 틀어박혀서 계속 울부짖겠어."

아니, 불가사의할 것도 없다.

옛날에 에리리와 싸우고 상당한 시간이 흐른 후에 화해를 했지만, 결국 두 달 만에 우리는 또 멀어지고 말았다.

1년 전에 우타하 선배와 엇갈리고 몇 개월 후에 국교 회복을 했지만, 또 몇 개월 후에 엇갈리고 말았다.

그렇게 변해가는 사람들과의 관계를 보고 있으니, 지금이 녀석과 이러고 있는 것도 매우 자연스러운 일일지도 모른다는 생각이 들었다.

……즉, 나는 **지금은** 이 녀석과 화해한 것이다.

"그러고 보니…… 토모야 군에게 보고해야 할 일이 하나 더 있어."

"뭔데?"

"나, 『rouge en rouge』 그만뒀어."

"그랬구나……."

"뭐, 내가 있을 곳이 없어졌거든……. 어찌 보면 아카네 씨에게 맞선 거나 마찬가지니까 말이야."

그건 동인업계적으로 본다면 『셔터 서클 내부 소동』이라는, 꽤 충격적인 뉴스일지도 모른다.

만약 이 일을 트위터 같은 곳에 올린다면, 눈 깜짝 할 사이에 퍼져 나가 광고 블로그에 게시될 것이다. 뒤늦게 허둥지둥 트위터를 지우더라도 이미 손쓰기에는 늦었다고 하는 즐거운 일이 벌어질지도 모른다. 뭐, 당사자들에게 있어서는 전혀 즐겁지 않겠지만 말이다.

"이걸로 동인계를 제패하겠다는 내 야망도 박살나버린 거 겠지?"

"그런 것치고는 많이 침울해 하는 것 같지는 않네."

"뭐, 『rouge en rouge』가 인생의 전부는 아니잖아."

"그래. 너는 오타쿠를 관두더라도 그 커뮤니티 능력과 얼굴로 어디서든 잘 해먹고 살 수 있을 거야……. 그러니까 죽어버려."

"격려해줄 건지, 매도할 건지 결정하고 나서 말해."

여전히 느끼한 표정으로 빙긋 웃은 이오리는…….

그 일은 전혀 마음에 담아두고 있지 않다는 듯이, 의미심장한 표정으로 내 얼굴을 힐끔 쳐다봤다.

……설마, 다음은 그쪽 장르로 갈 거라는 의지 표명은 아니겠지?

"뭐, 너는 아무래도 상관없지만 이즈미는 어떻게 할 거야?"

"나와 같이 관뒀어. ……나와 달리 이즈미는 엄청 잡으려고 했지만 말이야."

"뭐, 그랬겠지."

하긴 『rouge en rouge』로서도 그 조숙한 천재를 잃는 것은 얼마든지 대타를 세울 수 있는 대표를 잃는 것보다 대미지가 클 것이다.

게다가 그 카시와기 에리가 상업으로 진출한 지금이라면…….

"큭……!"

"토모야 군, 왜 그래? 가슴을 부여잡고?"

"아, 아무 것도 아냐……."

아, 아무튼, 내 마음속에서 하시마 이즈미는 차세대를 짊어질 넘버 원 동인 작가다.

『rouge en rouge』에서 나오더라도, 그녀의 동향에 흥미를 가지는 것은 당연했다.

이번 분기 동인 일러스트레이터 이적 시장(그런 거 있나?)에서는 열띤 쟁탈전이 벌어지리라.

"뭐, 아무튼 이즈미를 위해서도 여러모로 생각하고 있어."

"책임지고 돌봐주라고. 이즈미를 이쪽으로 끌어들인 건 바로 너니까 말이야."

"그래. 걱정하지 마. 최대한 이즈미가 원하는 대로 해줄 생각이야."

"그 애는 너와 다르게 동인계의 보물이야. ……절대, 무너뜨리지 말라고."

"그래. 너와도 다르게 말이야."

"헛소리 하지 마."

이오리 자식, 아직도 내가 크리에이터에게 기생해서 단물만 쪽쪽 빨아먹으려고 하는 악덕 프로듀서라고 생각하는 것 같은데?

공교롭게도 나는 너와 레벨이 달라.

나는 그 카스미 우타코에게 기획서를 인정받았…….

"큭……!"

"부탁이니까, 갑자기 울 것처럼 굴지 말아줄래?"

※　※　※

"결국…… 우리의 승부는 둘 중 그 누구도 행복해지지 못했네."

커피숍에서 나와 보니, 해는 서쪽으로 꽤 기울어 있었다.

하지만 지난달의 같은 시간대에 비한다면 꽤나 밝았으며, 바람 또한 점점 온기를 머금고 있었다.

"교훈이겠지……. 경쟁 같은 건 한심한 짓이라는 교훈 말이야."

우리는 지난달과 마찬가지로 역 개찰구를 통과한 후, 플랫폼으로 올라가는 계단 앞에서 작별 인사를…….

"한심한 짓은…… 아냐."

"이오리?"

나누려고 한 순간, 이오리는 녀석답지 않게 진지한 표정을 지으면서 나를 쳐다보았다.

"창작이라는 건, 역시 절차탁마하지 않으면 실력이 늘지 않아. ……이번에는 운 나쁘게 실패를 했을 뿐이야. 실패 한 번 했다고 경쟁을 관두는 건 바보 같은 짓 아닐까?"

그리고 녀석답지 않게 뜨거운 지론을 입에 담았다.

……아니, 뜨겁다고 느낀 것은 지금의 내가 그렇게 생각하지 않기 때문이다.

"그러니 나는 앞으로도 계속 싸움을 걸 거야……. 설령 상대가 제아무리 강대하더라도 말이야."

"얼마 전에 약소 서클에게 싸움을 건 겁쟁이가 무슨 소리를 하는 거야?"

"자신을 극단적으로 왜소하게 평가하는 자학적 관점의 소유자에게 그런 소리를 듣고 싶지는 않네."

"……시끄러워."

"결국 네가 찾아낸 크리에이터는 하룻밤 만에 신데렐라가 됐어……. 결국 너희가 한 수 위였다는 거야."

"큭…… 시끄럽다고."

평소 아무렇지도 않게 뜨거운 지론을 늘어놓던 내가 말문이 막힌 것은…….

지금의 내가 전혀 그렇게 생각하지 않기 때문이다.

"너는 이제부터 어떻게 할 거야?"

"너, 한 달 전에도 같은 질문을 했었지?"

"그때 내 희망은 전해졌지? 한 번 잘 생각해봐."

『서클은 계속 해.』

마지막으로 참견쟁이처럼 소리 없는 격려를 건넨 후…….

이오리는 이번에야말로 인파 속으로 사라졌다.

※　※　※

"아……."

이오리와 헤어진 후, 집까지 거의 다 왔을 즈음이었다. 지난달처럼 하늘에서…… 아니, 지난달과 달리 연분홍빛 꽃잎이 떨어졌다.

심장을 터지게 만드는 탐정 언덕 앞에 도착했을 즈음…….

언덕 양쪽에 심어진 벚나무에 맺힌 꽃봉오리가 벌어지며 도쿄에 봄이 찾아왔다는 사실을 나에게 알려줬다.

"……그래. 이제 정말 봄이구나."

달력과 인터넷상의 정보를 통해 알고 있었지만 새의 지저귐과 피부를 매만지는 바람, 그리고 저녁노을의 온기를 통해 직접적으로 느낀 것은 오늘이 처음이었다.

아까 이오리와 만났을 때는 농담처럼 말했지만…….

보름 만에 외출했다는 것은 사실이기 때문이다.

벚꽃이 피었다.

작년의 벚꽃과는 또 다른, 벚꽃이 피어 있다.

……아니, 사실 작년 벚꽃과 매한가지라는 사실은 알고 있다.

그러니 내가 이렇게 느끼는 것은, 벚꽃 이외의 상황이 작년과 다르기 때문이리라…….

그때는, 언덕을 내려가고 있었지만 지금은 올라가고 있다.

그때는, 자전거를 타고 있었지만 지금은 두 발로 걷고

있다.

그때는, 아침이었지만 지금은 저녁이다.

그때의 나와, 지금의 나는 너무나도 다르다.

그 순간 펼쳐진 상황도, 감정도, 희망도, 그 모든 것이······.

왜냐하면, 그때의 나는 평범한 소비형 오타쿠였다.

세계는 보기만 하는 것이고, 누군가가 만든 캐릭터가 그 세계에서 살면서 웃고, 울고, 싸우고, 사랑을 하는 모습을 두근거리는 가슴을 안고 지켜보고만 있었다.

하지만 지금의 나는 그 모든 것을 셀프 서비스하는 창작형 오타쿠다.

자신의 세계를 만들고, 자신이 만든 캐릭터들이 그 안에서 살면서 웃게 하고, 울게 하고, 싸우게 하고, 그리고 사랑을 하게하고, 어쩌면 실연까지 하게 한다······.

하지만 그 전제가 무너지면서, 자신이 만든 세계를 잃고 말았을 때.

그 순간, 나는 붕괴된 세계의, 붕괴된 서클의······.

홀로 남은 최후의 주민이었다.

「이제 그만 입 닥쳐어어어어~!」

「너의 기획은 완벽한 0점이야.」

「할 줄 아는 거라고는 하나도 없는, 지금까지 소비형 오타쿠였던 녀석이 게임을 만들겠다는 거야? 세상 물정을 몰라도 너무 모르는 거 아냐?」

「너는 우리를 끌어들이기 전에 해야 할 일이 있지 않아?」

「나, 여름 코믹마켓 이후의 올해 이벤트에는 하나도 신청하지 않았어.」

「크리에이터의 세계에 온 걸 환영해, 아키 토모야 군.」

"……큭."

고독이 밀려오는 징후를 느낀 나는 언덕을 오르는 두 다리에 힘을 줬다.

오래간만에 돌아다닌 탓에 몸은 비명을 지르고 있지만, 그런 걸 걱정할 여유는 없었다.

그것도 그럴 것이, 감정이 흘러나오고 있었다. 머리가 인정하려 하고 있었다.

이제, 『blessing software』는 존재하지 않는다는 것을…….

나의, 우리의 서클은, 진짜로 공중 분해되었다는 것을…….

빨리, 빨리…….

집으로 돌아가면, 방으로 들어가면, 울 수 있다.

남들 눈을 개의치 않으며 혼자서 울 수 있다.

그러니 서두르라고, 나.

이 언덕을 다 올라가면…….

"큭……."

그 순간, 한층 더 강한 바람이 분 탓에 나는 한 순간 걸음을 멈췄다…….

그리고 허둥지둥 눈을 감았다 다시 뜬 순간, 내 시야에 새하얀 무언가가 들어왔다.

"어……."

언덕 위.

꼭대기 부분의 한 가운데.

저녁노을을 배경 삼아 서있는, 새하얀 모자를 쓴 여자애.

"아, 아……."

내 시력으로는 얼굴까지는 보이지 않는 거리에 있는데도…….

그런데도, 나는 그 모자를 본 순간, 그 사람이 누구인지 바로 알았다.

왜냐하면 방금까지 그 모자 안에 들어가 있었던 것은 바람에 찰랑거리는 검은 단발머리…….

"……어?"

단발……머리?

"오래간만이야. 또…… 만났네. 우연히, 말이야. 아하하……."

"……카토?"

단발……머리?

"다행이야. 내 이름, 아직 기억하는구나…… 아키, 토모야 군."

단발, 머리다…….

"그러고 보니 거의 한 달 만에 보는 거지?"

"어째서……."

단발머리인 거야……?

"으음, 집에 갔더니 아키 군의 어머님한테서 네가 오래간만에 외출했다는 이야기를 들었어."

"아니……."

그게 아니라 단발머리…….

"하지만 저녁때까지는 돌아온다고 했다면서?"

"그게 아니라……."

단발머리인 건…….

"방에서 기다려도 된다고 했지만……."

단발머리…….

"봄인데다, 벚꽃도 흩날리고 있으니까……."

흰색 베레모를 손가락으로 빙글빙글 돌리면서, 카토는 천천히 언덕을 내려왔다.

그녀의 몸을 감싼 흰색 원피스는 헤어스타일과 함께 나에게 그리운 느낌을 안겨주고 있었다.

아니, 분명 의도적으로 저런 복장을 한 것이 틀림없다.

"그래서 여기서, 너를 기다리고 있었어…… 계속 말이야."

"으……."

그리고, 그런 『1년 전의 카토 메구미』는 내 눈앞에 서더니…….

그때와 마찬가지로 무진장 귀여운 표정으로 생긋 미소를 지었다.

"어서 와…… 아키 군."

그리고 환한 미소가, 점점 무너지더니…….

"한 동안 연락하지 않아서 미안해."

이윽고 연기를 하는 것도, 너무 멍하지도 않은, 원래의 카토 메구미를 은근슬쩍 드러냈다.

"내 마음을 정리하는데도 조금 시간이 걸렸어."

그렇다. 요즘 며칠 동안, 카토에게서 연락이 오지 않았다.

그리고 나 또한 에리리와 우타하 선배가 서클을 관뒀다는 사실을 메일로 전한 후, 스마트폰의 전원을 꺼뒀다.

그러니 그건 분명 서로가 마찬가지였을 것이다.

만나고 싶지만, 실제로 만나면 무슨 이야기를 해야 할지 알 수 없었다.

우리 둘 다 수많은 상념으로 가슴 속을 가득 채우고 있었으니까…….

"그래서 아키 군이 고민하고 있을 때, 슬퍼하고 있을 때, 곁에 있어주지 못했어…… 미안."

"나야말로…… 미안해."

정말, 미안해.

나는 카토가 고민에 빠진 것을 알고 있었다. 슬퍼하고 있다는 것을 알고 있었다.

그것도 그럴 것이, 얼마 전에 이 녀석이 우리 서클을 얼마나 사랑하는지 확인했던 것이다.

그러니 마음이 꺾이더라도 이상할 것이 없었다.

"카토……."

하지만 이 녀석은 꺾이지 않았다.

또 멍하니…… 은근슬쩍 돌아왔다.

"나는, 나는 말이야……."

또 카토가 계기를 만들어줬다.

그렇다면, 결정만은 내가 직접 내려야만 한다.

대표로서, 결정해야만 하는 것이다.

"나는…… 아직, 서클을 계속하고 싶어."

"응."

"카토 외에는, 미치루밖에 안 남았지만……. 그 녀석도 이 상황에 남아줄지 모르지만……."

"응."

"그래도, 나는…… 다시 한 번 게임을 만들고 싶어!"

그래서 꿈을 이야기했다.

카토를 멋대로 멤버에 넣으면서.

절대 놓치지 않겠다는 듯이…… 아니, 빼지 않겠다는 듯이…….

"……응."

거만하고, 억지스럽고, 호쾌하게…… 작년에 버금가는 꿈을 이야기했다.

"그러니까 카토 메구미…… 다시 한 번, 내 메인 히로인이 되어줘!"

"나를, 또, 모든 사람이 부러워할 만한…… 메인 히로인으로, 만들어줘."

……최강의 파트너와 함께 말이다.

"…………."

"……후후."

"아, 하하, 하……."

"응, 응……."

"하하하… 하하…… 큭."

"아키 군……."

"……큭, 흐, 흐흑……."

"……응."

"우윽, 으, 흑…… 우와아아아아아……."

"…………."

"우와아아아아…… 아아아아아…… 아아아아아……!"

"…………."

"우와아아아아아아아아아아아~~~! 아아아아아아아아아
~, 아아아아아아~!"

※　※　※

카토는 「울어도 돼.」 같은 상냥한 말을 하지 않았다.

울고 있는 나를, 상냥하게 안아주지도 않았다.

그저 눈앞에 있는 나를, 평범하게 받아들여줬을 뿐이다.

웃지도 않고, 곤란해 하지도 않고, 그리고 무슨 일이 있
어도 울지 않으면서…….

평범하게, 멍하게, 무표정…… 아니, 무표정하지는 않았
다.

아주 약간, 상냥한 쓴웃음을 지으면서, 계속, 계속, 내 곁

에 있어줬다.

　지나가는 사람들이 이상하다는 듯이 쳐다봐도…….

　몇 분, 몇 십 분 동안 내가 어리광쟁이처럼 울어대도…….

　최후의 최후의 최후까지…….

　내가 자신의 발로 다시 걸음을 내디딜 때까지, 나와 함께
멈춰서 있어줬다.

제6.5장

졸업식으로부터, 사흘 후

"메구미……."

"갑자기 찾아와서 미안해."

"……아냐."

"…………."

"…………."

"……왜야?"

"윽……."

"미안하지만 이번만큼은 에리리가 무슨 생각인 건지 전혀 모르겠어."

"미안해, 메구미……. 하지만 이건, 크리에이터만이 이해할 수 있어."

"……."

"메구미가 이해할 리 없고, 상관도 없는 일이야."

"아키 군은 열심히 다음 작품을 기획했어. 반드시 에리리도 참가하게 하겠다며, 정말 최선을 다했어."

"으……."

"그런데…… 왜 그 일을, 아키 군에게 직접 말하지 않은 거야?"

"뭐……."

"왜, 카스미가오카 선배에게, 떠넘긴 거야?"

"그, 그, 그건……."

"왜 잔인한 역할을, 떠맡긴 거야?"

"그건, 그건…… 토모야가, 슬퍼하는 모습을, 보고 싶지 않아서……."

"아키 군이 슬퍼할 거라는 건 알고 있었구나……."

"아……."

"그런데도 서클을 나가기로 결정한 거구나."

"메, 메구미도……."

"응?"

"메구미도, 서클에 돌아오지 않았잖아."

"…………."

"고민에 빠진 토모야를, 도와주지 않았잖아."

"……미안해. 맞아, 그건 내가 잘못했어."

"그럼!"

"하지만, 이제 그러지 않을 거야."

"뭐……."

"나, 이제 그런 짓 안 해. 서클 관두지 않을 거야."

"…………."

"에리리는…… 정말, 괜찮아?"

"뭐, 가 말이야?"

"…………."

"…………."

"정말…… 가버리는 거야……?"

"아……."

"그래도, 되는 거구나……."

"메구미……?"

"미안, 미안해……. 남의 집에 와서 나, 정말 미안……."

"으……."

"하지만, 하지만…… 이건 좀, 아니지 않아……?"

"으~~~!"

"뭔가, 엄청, 잘못 된 거 아냐……?!"

에필로그

그곳은 아침부터 수많은 사람들로 북적이고 있었다.

캐리어 가방을 끌면서 환승할 플랫폼을 찾는 사람.

토요일에도 일을 하는지 양복 차림으로 서둘러 걸음을 옮기는 사람.

외박했는지 하품을 하면서 개찰구를 통과하는 사람.

그런 수많은 사람들이, 이 일본의 중심지에 모여 있었다.

도쿄 역, 도카이도 신칸센 탑승장……

4월 첫 주말을 맞이한 이 장소는 새로운 달의 시작에 맞춰 활기가 넘쳐흐르고 있었다.

※　※　※

"아, 저거네. 노조미 XXX호……. 이쪽에서 타는 13호차야, 사와무라 양."

"저기, 카스미가오카 우타하. 왜 특실을 예약하지 않은 거야?"

"처음 만나는 클라이언트에게 특실 요금을 청구하려는 거야? 정말 못 말리는 외주업자네."

"하지만 특실이면 이동 중에도 작업을 할 수 있잖아. 교통비를 자비 부담으로 할 걸 그랬어."

"나는 일반실, 아니 짐칸 한가운데에서도 얼마든지 일할 수 있어."

"그건 네가 텍스트 담당이라서야……. 회의 전에 두세 캐릭터는 더 완성하고 싶다구."

"슬럼프에서 벗어나자마자 의욕이 넘쳐흐르네."

"이게 본래의 나야. 게다가……."

"게다가?"

"어영부영 일하기에는, 버리고 온 것들이 너무 크단 말이야."

"……그건, 그래."

※　※　※

입장권으로 개찰구를 통과한 후, 신칸센 배정표가 표시된 게시판을 쳐다보았다.

"10시에 출발하는 노조미 호라고 했으니까……."

현재 시각은 9시 53분.

곧 신칸센의 승차가 시작될 시간이었다.

아무래도 쇼핑을 하느라 시간을 너무 허비한 것 같았다……

"19번 플랫폼…… 서두르자!"

※ ※ ※

『오래 기다리셨습니다. 하카타 행 노조미 XXX호, 문이 곧 열립니다.』

"그럼 가자, 사와무라 양."

"잠깐만…… 도쿄 바〇나와 고마〇마고 중에 어느 쪽이 좋아?"

"클라이언트한테 선물 갖다 줄 필요 없어. 그리고 왜 하필이면 그런 전형적인 걸 사려는 건데?"

"무슨 소리 하는 거야. 차 안에서 먹을 간식이야."

"……도쿄 〇나나와 고마타〇고가?"

"달라고 해도 안 줄 거야. 먹고 싶으면 직접 사 먹어."

"사와무라 양은 꽤, 아니, 전혀 여행에 익숙하지 않은 것 같네."

"아, 저기 있네! 어~이! 에리리! 우타하 선배!"

"으~~~?!"

"윤…… 토모야 군?"

※　※　※

"다행이야…… 까닥 했으면 못 볼 뻔 했네~!"

"토, 토…… 토모, 토모……."

도쿄 역, 도카이도 신칸센 19번 플랫폼.

서쪽으로 향하는 사람들이 모여드는 이 장소에서…….

나는, 예전 서클 멤버이자 여전히 내 동료인 두 사람과 오래간만에 재회했다.

"자, 도ㅇ 바나나와 고마타마! 한 사람 당 하나 씩이야! 신칸센 안에서 먹어!"

"…………두 개 다 사와무라 양에게 줘."

하지만 그런 감격적인 재회에 비해서 신경 써서 준비한 선물에 대한 평가는 좋지 않았다.

그렇게 고민해서 골랐는데 말이야.

"토, 토, 토…… 어, 어, 어…… 여, 여, 여……."

"으음, 토모야 군. 어째서 여기에 온 거야?"

"아, 실은 마치다 씨가 가르쳐줬어요……."

두 사람이 『필즈 크로니클』의 첫 미팅에 참가하기 위해 마르즈가 있는 오사카에 간다는 것을 말이다.

그녀가 직접 수배한 신칸센의 출발 시간과 좌석 정보가, 엄청 진지한 사죄 편지와 함께 어제 메일로 나에게 왔다.

"하, 하, 하…… 우, 우, 우…… 요, 요, 요……."

"하지만 너는 우리를 용서할 수 없지 않아? 그리고 사와무라 양, 이제 좀 진정해."

"시끄러워, 카스미가오카 우타하!"

그런 소리를 하면서도 에리리는 우타하 선배의 등 뒤에 숨은 채, 몸을 잔뜩 움츠린 상태에서 눈물 어린 눈동자로 나를 올려다보고 있었다.

……그러고 보니 이 녀석과는 서클을 관둔 후 처음으로 얼굴을 마주하는 거였지.

"용서하고 자시고가 어디 있어요……, 우타하 선배."

그리고 우타하 선배는 평소와 마찬가지로 의연한, 하지만 아주 약간 거북해 보이는 표정을 지으면서도 에리리의 보호자인 것처럼 나를 막아섰다.

소오 대학 1학년, 카스미가오카 우타하.

대학생이 되고도, 그 흑발 롱헤어 검정 스타킹은 내 눈에 너무나도 눈부셔 보였다.

"뭐, 느닷없이 이야기를 들었을 때는 충격을 받았어

요……. 한동안 밥도 못 먹었고 움직일 기력도 없었던 데다, 별 것 아닌 일에도 울음을 터뜨렸죠. 일상생활은 고사하고 아무 것도 할 수 없는 상태였어요. 그 일이 있고 얼마 지나지 않아 봄방학이 시작되어서 정말 다행이었다니까요."

"미안해, 미안해, 미안해, 토모야 군."

"아뇨. 진짜로 이제는 괜찮아요!"

"전혀 괜찮아 보이지 않는데……."

"뭐, 실은 아무리 생각해봐도…… 두 사람의 결단이 옳았다는 생각이 들더라고요."

"토모야 군?"

"토모야……?"

에리리가 우타하 선배의 어깨 너머로 얼굴을 살짝 내밀었다. 저러고 있으니 다람쥐 같은 조그마한 동물 같네.

"잘 생각해보니…… 정말 엄청난 일이잖아요! 『필즈 크로니클』이라고요, 그 『필즈 크로니클』! 그걸 우타하 선배와 에리리가 만든다니, 정말 끝내주는 게임이 될 게 뻔하잖아요!"

"목소리가 너무 커……. 오타쿠나 업계사람이 들으면 어쩌려는 거야."

"괜찮아요. 여기는 아키하바라가 아니잖아요."

참고로 업계사람은 아키하바라의 술집이나 밥집에서 회사명이나 타이틀명 밝히면서 이야기하지 마. 주위에 있는 오타쿠들이 다 듣고 있다고.

"나, 응원할게요. ……블로그에서 마구 추천하고, 친구들에게 포교할 뿐만 아니라, 매장 특전 숫자만큼 타이틀을 살게요!"

"토모야……."

"자, 잠깐만, 사와무라 양?"

에리리는 우타하 선배를 밀쳐내더니, 내 앞에 섰다.

다람쥐 다음은 어린애 흉내냐.

"토모야, 토모야……."

"그러니까, 힘내. 에리리."

"토모야……."

슬럼프에 빠진 작가에게는…… 정신적으로 불안정한 작가에게는, 『힘내』라는 말을 하지 않는 편이 좋다.

하지만 지금의 에리리에게는 『힘내』라고 말해도 된다.

왜냐면 극복했기 때문이다.

일러스트레이터 카시와기 에리로서 완전히 부활했기 때문이다.

"하고 싶은 거지? 성공할 생각인 거지? 최고의 일러스트레이터가 될 생각인 거지?"

그 뿐만 아니라, 내가 범접할 수도 없는 천재가 되어가고 있는 것이다…….

"그럼 되어봐……. 옛날에 약속했던 것처럼. 내가, 너를

자랑스럽게 생각하게 만들어봐! 카시와기 에리의 소꿉친구
라는 걸 자랑하게 만들어보라고!"

"응, 꼭 될게……!"

그렇기에 분하고, 자랑스럽다.

"너를 반드시 울리겠어……. 카스미가오카와 함께 말이
야!"

이 힘찬 결의를 내가 이끌어내지 못했다는 사실이, 분했다.

하지만 혼자서 이런 결의를 다진 에리리가, 자랑스러웠다.

"그러니까 너도…… 토모야도……."

분하고, 자랑스럽고, 기쁘고, 슬프다.

그런 복잡한 감정이 내 머릿속에서 소용돌이치고 있었다.

"내가, 네 것이라고…… 남들에게 말할 수 있는 크리에이
터가 되라구!"

"당연하지! 올해 겨울 코믹마켓을 기대하라고!"

그렇기에 나 또한 허풍을 쳤다.

과거의 아무것도 모르던 소비형 오타쿠였던 시절의 나처
럼…….

그 후로 1년이 지났는데도 나에게 남아있는 것은, 이 근
거 없는 자신감뿐이니까 말이다.

"우타하 선배…… 이 녀석을, 에리리를 부탁해요."

나는 에리리의 머리를 가볍게 두드려준 후, 이번에는 우

타하 선배를 쳐다보았다.

참고로 에리리는 짜증 섞인 눈길로 내 손을 올려다보면서도 그 손을 쳐내지 않았다. 그리고 내 옆에 가만히 서있었다.

"응, 알아어. ……나만 믿어."

"짜아만? 머아으 어아, 아으이아오아 우따아." <small>잠깐만? 뭐하는 거야, 카스미가오카 우타하</small>

에리리의 볼을 꼬집은 우타하 선배는 그녀의 보호자라도 된 듯한 믿음직한 표정을 지었다.

"그 괴물에게 잡아먹히지 마요." <small>코사카 아카네</small>

분명 이 두 사람의 앞에는 나보다 더, 아니, 나 따위는 상상도 하지 못할 만큼 혹독한 싸움이 기다리고 있을 게 틀림없다.

그것도 그럴 것이 코사카 아카네의 원안을 작품으로 만들어야만 하는 것이다.

이오리는 그녀가 지닌 원작자로서의 개성을 「빛이 너무 강해 평범한 크리에이터는 그림자가 되어버린다」고 평가했다.

코사카 아카네의 작풍에 잡아먹혀, 그림과 문장을 만들어내는 단순한 부품으로 전락할 것인가.

아니면 그런 환경 안에서도 자신의 색깔을 드러내, 코사카 아카네와 유저에게 인정받을 것인가.

"……우리가 누구인지 모르는 거야?"

"……물론 알죠."

하지만 그게 어쨌다는 것이냐.

이 두 사람은 카스미 우타코와 카시와기 에리라고.

내가 길러낸…… 아니, 내가 찾아낸 두 천재란 말이다.

코사카 아카네는 내 선견지명을 가로챈 하찮은 인간일 뿐이라고.

그런 돌팔이 프로듀서에게, 나조차도 제어할 수 없었던 이 두 사람이 질 리가 없어.

"토모야 군도…… 신작, 잘 만들어."

"예……. 이번에야말로 전설을 만들게요."

"기대할게."

우타하 선배는 내 허풍을 비웃지도, 딴죽을 날리지도 않았다.

그뿐만 아니라 진지한 눈빛으로, 진지한 반응을 보였다.

"내용에서도, 평판에서도, 매상에서도, 전작을 뛰어넘고 말겠어요!"

그래서 나도 진지한 표정으로 더 큰 허풍을 쳤다.

"그리고 세 번째 작품, 네 번째 작품도 히트 쳐서 서클을 더욱 크게 만든 후에……."

반드시 그렇게 될 것이라고, 나에게는 그럴 능력이 있다고 믿으며.

"그리고 언젠가 다시 두 사람을 고용할 거예요! 반드시 되찾아올 거라고요!"

그리고 또, 그 꿈같은 나날을 되찾을 수 있을 거라고 믿으면서…….

"그러니 선배도, 에리리도…… 언젠가 내가 되찾을 때까지, 넘버원의 자리를 지켜요."

"응. 기다릴게…… 기다리고 있을게……."

어느새 선배의 얼굴이, 뭐랄까…….

그리고 선배의 목소리도, 뭐랄까…….

"나 말이야……. 아키 토모야의 작품이 보고 싶어……."

"예. 맡겨줘요……."

"실은…… 내가 너를 떠나는 이유 중 하나가 바로 그거야."

"아……."

「……그리고 또 하나의 이유가 있지만, 그건 말해주지 않을래.」

「그 이유를 말해주면, 너는 구원받고 말 거야.」

그건 설마…… 아니, 하지만…….

"그 누구에게도 의지하지 않고, 누구에게도 어리광을 부리지 않으며, 네 모든 것을 다해 만든 작품이 보고 싶었어."

그렇다면 나보다도 나에 대한 기대치가 높다는 거잖아.

"그러니까 토모야 군……. 나의 이 기대에 부응해줘."

나를 지나치게 믿고 있잖아.

"……아니, 내 기대를 뛰어넘어줘."

"우타하 선배……."

대체 나한테 얼마나 물러터진 거야…….

『오래 기다리셨습니다. 하카타행 노조미XXX호, 곧 출발합니다.』

"그럼 이만 가볼게, 토모야 군."

"응, 두 사람 다 파이팅!"

싸움이다…….

이번에는 크리에이터와 크리에이터의 싸움이다.

나와, 두 사람의 싸움.

두 사람과, 코사카 아카네의 싸움.

그리고 코사카 아카네와, 나의 싸움이다…….

아직 끝조차 보이지 않는, 제대로 된 대화도 나눠본 적 없는, 나를 인식조차 하고 있지 않는, 압도적일 정도로 실력 차가 나는 적이지만…….

하지만 나는, 앞으로도 계속 싸움을 걸 것이다.

어딘가의 실력 있는 프로듀서가 한 말을 믿으며, 제 아무리 강대한 상대일지라도 맞서 싸울 것이다.

"토모야……."

"그래. 에리리도 힘내……?"

출발 종이 들리는 가운데, 에리리가 나를 향해 손을 뻗더니······.

내가 쓰고 있던, 안경을, 잡았다.

"이거······ 나 주면 안 돼?"

"에리리······?"

그 순간, 에리리의 얼굴이 흐릿하게 보였다.

그녀의 얼굴이 잘 보이지 않았다.

안경이 벗겨지기 직전 보였던, 새빨개진 그녀의 눈동자가 더는 보이지 않았다.

"내가 가져도······ 돼?"

"하지만, 그건······."

"응, 알아······. 이건 메구미가······."

그렇다. 그녀와 처음으로 단둘이 쇼핑몰에 갔을 때, 카토가 나에게 선물한······.

"그래서, 이게 가지고 싶은 거야."

"아······."

에리리가 갈구하고 있는 것은, 우리 둘만의 추억이 아니었다.

"그렇게 해······. 카토에게는 내가 나중에 사과할게."

"고마워······. 고마워, 토모야."

소꿉친구만이 아니라, 둘도 없는 친구와도 멀어질 결의를 한 소녀에게 있어서 그것은 유일한 억지······.

"토모야…… 나, 나……."
"어……?!"

그리고 다음 순간.
에리리가 애절한 목소리를 낸 바로 그때…….
내 시야는, 느닷없이 어둠으로 뒤덮였다.
그와 동시에, 내 입술에 부드러운 무언가…….

"으아아아아아아아아아아아아아아아아아아아아아아아아
아아~~~~~!!!"

그리고, 한 템포 늦게, 에리리의 입에서 귀청을 찢을 듯한
초특대 초음파가 터져 나왔다.
어, 어? 뭐가 어떻게 된 거야?

"……윤리, 군."
"우타하 선배?!"
다시 밝아진 시야에는 코앞에 있는 선배의 얼굴이…….
잠깐, 입술이 촉촉하게 젖어 있잖아!
"윤리 군, 윤리 군…… 아니, 이제부터 너는 불륜리(不倫
理) 군이야."

"그게 무슨 소리예요?!"

『토모야 군』에서 『윤리 군』으로 돌아가는 건 고사하고, 더 불명예스러운 전치사가 추가되었다…….

그것보다 선배는 그걸로 괜찮은 거예요?

"그렇게 결별하려고 했는데도, 미움 받아 마땅한 소리를 했는데도…… 너는 나를 어중간하게 옭아매려고 하는 구나"

"그건 어디까지나 개인적인 감상 같은뎁쇼?!"

이 상황을 이해하지 못한 채 패닉 상태가 된 내 귀를, 선배의 상냥하고 요염하며…… 그리고 시꺼먼 목소리가 희롱했다.

"좋아, 알았어. 나도 각오를 다졌어. ……죽을 때까지 너한테 이용당해줄게. 평생 너한테 놀아나줄게."

"제발 부탁이니까 나를 그런 여자 뜯어먹는 기둥서방 취급 좀 하지 말라고요!"

"그러니까…… 포기하는 걸, 포기하겠어."

"어……."

"카카카카카카카카카스미가오카 우타하아아아아아아아아아~~~!!!"

"우왓?!"

그리고 그런 나와 우타하 선배 사이로 절묘한 각도를 그리며 아래쪽에서 날아온 트윈 테일이 비집고 들어왔다.

"왜, 왜, 왜 이딴 짓을 한 거야?! 바, 방금은 내가…… 내가!"

"하지만 사와무라 양은 올해도 같은 학교잖아? 그런 짓을 했다간 서먹해져서 학교 안에서는 얼굴을 마주하지 못할걸?"

"ㅇ어! 죽ㅇ버려! 역시 너 같은 인간이랑은 같이 일 못해 애애애애애앳~!"

"여자애는 ㅇ어 같은 험한 말을 입에 담는 게 아냐. …… 뭐, 그의 『첫 여자』를 질투하는 마음은 이해하지만……."

"너 역시 자기만 과거의 인연이 없는 걸 엄청나게 신경 쓰고 있었던 거지?!"

"……글쎄? 무슨 말을 하는 건지 모르겠는데?"

"두, 두 사람 다 진정해! 이러고 있다간 신칸센이 출발하고 말…… 어라?"

"신칸센……?"

"어? 어디 갔지?"

※　※　※

그리고 그 후로 몇 분 간.

다음에 출발하는 신칸센의 자유석 탑승장으로 이동하는 동안…….

거북한 분위기에 휩싸인 우리는 셋 다 아무 말도 하지 않
았다.

에필로그 2

"……그런데, 카토."

"왜 그래? 아키 군."

4월 첫 등교일…… 즉, 개학식 날.

평소와 같이 역에서 학교로 이어지는 길목에서 우연히 발견한 카토와 함께 학교로 향하던 나는, 전부터 궁금했던 점을 그녀에게 물어보기로 했다.

"너 왜 단발머리로……."

"……그걸 이제 와서 묻는 거야?"

그래서 「전부터」라는 단어를 쓴 거잖아……. 뭐, 마음속으로 중얼거린 거지만 말이야.

게다가 처음 봤을 때는 그런 걸 물어볼 분위기가…… 아니, 그때 일은 너무 부끄러워서 떠올리기도 싫으니까, 이제 생각나게 하지 말아 주세요.

"그냥 평소와 마찬가지로, 왠지 그러고 싶었을 뿐이야."

"……그래?"

확실히 카토는 지금까지도 머리카락이 길어지는 것에 맞춰 단발머리에서 쇼트 포니, 포니에서 롱헤어로 헤어스타일을 변경했지만…….

하지만 이런 대대적인 이미지 체인지, 아니, 과거회귀는 적어도 나와 알고 지낸 1년 동안…… 아니, 그것보다 대체 머리카락을 몇 센티미터나 자른 거야. 너무 과감하게 잘라 버렸잖아.

이발소에서 「머리 감는 거 귀찮으니까 짧게 잘라 주세요.」라고 말하고 끝날 때까지 퍼질러 자는 남자와는 케이스가 다르다고.

"응. 진짜로 아무 의도도 없어. 롱헤어니까 왠지 내가 집념이 강한 짜증나는 여자 같다는 생각이 들어서 여러 가지 의미에서 초심으로 돌아가자, 같은 생각을 한 건 아니니까 안심해."

"너, 봄방학 동안에 무슨 일이 있었지?! 빨리 말해!"

"이 헤어스타일, 나한테 그렇게 안 어울려? 그럼 작년에 아키 군이 나를 발굴해낸 센스도 전부 부정당하는 건데, 그래도 괜찮은 거야?"

"아니, 어울리지 않는 건 아닌데……."

그 멍한 태도와 은근슬쩍 나를 매도하는 말투 때문에,

왠지 1년 동안 고생해서 갈고닦은 히로인 속성을 전부 내던져 버리고 옛날의 몰개성 여자애로 돌아온 것 같다고나 할까…….

게다가 롱헤어 때의 카토는 믿기지 않을 정도의 슈퍼 미인이어서…….

"뭐, 1년 후에는 예전 헤어스타일로 돌아가는 것도 가능할 거야. 그렇게 롱헤어가 좋다면 느긋하게 기다리면 되지 않을까?"

"뭐……?"

그 말은 내가 기다려도 된다는 거야?

1년 후에도, 지금 같은 관계를 유지하겠다는 거야……?

"……그러고 보니, 나도 물어볼 게 있어."

"응? 뭔데? 카토."

남자의 오해를 살 만한 태도와 미소를 은근슬쩍 내비친 카토는 나를 향해 얼굴을 내밀더니, 내 눈동자를 뚫어져라 쳐다보았다.

"안경, 어디로 간 거야?"

"좀 전에 설명드렸잖아요, 할머니이이잇!"

……역시, 카토는 카토였다.

오늘 처음 만났을 때 카토에게 똑같은 질문을 받고 자초지종을 설명한 후, 에리리를 대신해 사과까지 했다. 하지만 석연치 않은 태도를 취했던 카토는 5분이나 지나서야 겨우 납득……하지 않았던 거야?

그러고 보니 「아키 군에게 사과 받아봤자 아무 의미 없어.」 같은 소리를 하면서 그냥 넘어간 것 같은 느낌도 좀 들었다.

※ ※ ※

"흐음."

"왜 그래?"

그리고 결국, 한 번 더 같은 설명을 해야 했다.

에리리와 우타하 선배를 배웅하러 도쿄 역에 갔고.

에리리와 직접 이야기를 나눈 후, 두 번째 화해를 했으며.

우타하 선배에게 에리리를 맡겼다.

그리고 에리리가 나와 카토, 두 사람과 맺은 인연의 증표로서 그 안경을 달라고 했다.

그 후…… 우타하 선배가 한 행위만큼은 도저히 말할 수가 없었지만 말이다.

"그럼 지금은 콘택트렌즈를 낀 거야?"

"응."

"그렇구나."

"……그래."

왠지 새 안경을 사서 쓰는 건 카토에게 미안하다는 생각이 들었다. 그래서 나는 용기를 내서 이미지 체인지를 해봤지만, 나의 이미지 체인지에 대한 카토의 리액션은 평소와 별반 다를 게 없었다.

이 녀석한테, 내가 그녀의 단발머리를 보고 보인 반응을 비판할 자격이 있기는 한 것일까…….

"흐음……."

"대체 왜 그러는 건데?"

"으음, 역시 아키 군에게 있어 에리리는 특별한 것 같네……. 뭐, 아무래도 상관없지만 말이야."

"……상관없는데 왜 그런 말을 하는 거야?"

"그냥."

"카토에게 있어서, 에리리는 절친한 친구지?"

"뭐, 그래."

"서클에서 나갔더라도 동료 맞지?"

"응."

"카토에게 있어서는 서클 동료가 가장 중요하지?"

"사태라는 것은 시시각각 변하고 있다구, 아키 군."

"그건 또 무슨 소리야?"

"아, 이러면 안 돼……. 나는 지금 단발머리…… 집념이 강한 롱헤어 여자가 아냐……."

"카토, 왜 그래?

혹시 이 녀석한테 재미있는 속성이라도 붙은 건가?

※　※　※

"뭐, 아무튼…… 또 같은 반이 됐으면 좋겠어."

"그래……. 뭐, 아마 그렇게 될 거야."

"……꽤 자신만만하네?"

"두 달 전의 적당주의^{제3장}……가 아니라, 기적에 비한다면 우리가 같은 반 되는 것 정도는 껌이거든!"

"그게 무슨 소리야?"

"……선배?"

"별 것 아니니까 신경 쓰지 마. ……그것보다 기합 잔뜩 넣고 반을 확인하러 가보실까!"

"이제 와서 기합을 넣어봤자 아무 것도 변하는 건 없을 것 같은데?"

"카토, 너는 3학년이 되었는데도 왜 이렇게 축 늘어져 있는 거야! 우리는 올해 안에 동인계를 접수해야만 한다고!"

"지금 생각해보니 고3이 되어서 그런 야망을 가지는 건 무모 이외의 그 무엇도 아닌 것 같아."

"그렇게 기합이 쫙 빠져서 어떻게 하냔 말이야! 오늘부터 새로운 학기가 시작되잖아! 신입생도 들어온다고! 선배인 우리가 모범을 보여야 될 거 아냐!"

"……3학년이 되었는데도 아키 군은 여전히 짜증나는 인간이네."

"토모야 선배? 메구미 씨?"

"자아! 우리를 흠모하는 후배들에게 한심한 꼴을 보여줄 수는…… 어라?"

"……어머?"

그 순간, 카토는 의아한 표정을 지으면서 내가 손가락으로 가리키고 있는 방향을 쳐다보았다.

물론 그곳에는 내 머릿속에만 존재하는 후배가, 내 머릿속에서 이쪽을 쳐다보고 있었다.

토요가사키 학원의 교복을 입은, 키가 작고 머리카락을 어깨 아래까지 늘어뜨린 소녀.

그 소녀는 카토를 완전히 능가할 정도의 볼륨을 지닌 풍만한……?

"이……즈미?"

"이즈미…… 양?"

"두 분 다 오래간만이에요!"

이곳은 우리가 다니는 토요가사키 학원의 교문 앞이다.

즉, 토요가사키 학원의 교복을 입고 이곳에 있는 사람은, 토요가사키 학원의 학생이 틀림없다.

하지만, 하지만…….

"하시마 이즈미……. 오늘부터 토요가사키 학원에 다니게 되었습니다! 앞으로 잘 부탁드립니다!"

우리 학교의 교문 앞에 서서, 우리 학교의 교복을 입고, 우리를 향해 경례를 하고 있는 이 여자애는 단순한 후배가 아니다…….

3월까지는 중학교 3학년.

작년 여름까지는 여성향 게임 서클『팬시 웨이브』의 아는 사람만 아는 실력파 작가.

올해 겨울까지는 초인기 서클『rouge en rouge』의 신진 기예 일러스트레이터.

그리고 현재 중학교를 졸업하고『rouge en rouge』도 탈퇴했기에, 진학 학교 및 다음 소속 서클은 알 수 없지만 동향만큼은 크게 주목받고 있는 신인 천재 작가이자 고등학교 1학년인 하시마 이즈미.

"어, 어? 왜……? 이즈미 너, 도립 고등학교로 진학하는 거 아니었어……?"

"예? 도립 고등학교는 만일에 대비해 넣어두기는 했지만, 토요가사키에 붙었기 때문에 안 들어갔어요."

"……언제 토요가사키에 입학하는 게 결정됐어?"

"2월 초에…… 왜 그러세요?"

"아, 아무 것도 아냐……."

「공교롭게도 이번 주에 도립 고교의 입시 시험을 치거든(거기 들어가려는 건 아니지만).」

「최대한 이즈미가 원하는 대로 해줄 생각이야(그러니까 뒷일은 잘 부탁해).」

"……픕."

"토모야 선배?"

"아키 군?"

그 자식이 희희낙락하는 모습이 머릿속에 떠오른 나는 짜증이 확 끓어올랐다.

하지만 이 장난은, 그저 마음에 안 든다는 이유로 삐쳐버리기에는 너무 재미있어서……

"아, 아무 것도 아냐. 그것보다……"

무엇보다, 하시마 이즈미라는 작가의 재능과 노력.

그리고 이즈미라는 여자애의 활기와 순진함, 볼륨…… 매력.

그것들이 우리의 서클 활동을 더욱 재미있게 만들어줄 것이 틀림없었다.

"입학 축하해, 이즈미……. 앞으로는 함께 힘내는 거다?"

"예!"

봄의 따뜻한 햇살이 쏟아지는 교정에서.

벚꽃이 흩날리고 있는 교정에서.

우리는 또, 새로운 역사를.

새로운 전설을 향해 달리기 시작했다.

"밋치~! 안녕~!"

"……아, 토키구나."

"올해도 같은 반이네! 1년 동안 잘 부탁해~."

"……하아."

"개학식 날부터 그렇게 짜증나는 표정 짓고 있으니까 내 텐션까지 내려간다구~."

"됐어……. 토키 따위가 내 마음을 이해할 리가 없지……."

"이건 전부 토요가사키에 편입하겠다고 큰 소리 쳐놓고 공부를 전혀 안 한 밋치의 자업자득이잖아."

"우와아아아아~! 그 소리는 하지 마아아아아아~!"

"그리고 란코는 엄청 화났다구~. 감히 여자의 우정을 버리고 남자를 선택하다니, 하면서 말이야. 어쩌면 『icy tail』을 탈퇴해 버릴지도 몰라~."

"뭐, 뭐어~? 어, 어쩌지? 토키, 내가 어쩌면 좋을까?!"

"그걸 내가 어떻게 알아. 알아서 하라구. 사랑에 눈먼 보컬님아."

"아아아아아~! 토키, 너까지이이이이~!"

(참고) 200○년도 토요가사키 학원 반배정표(발췌)

1학년 C반 :
하시마 이즈미

3학년 A반 :
카토 메구미

3학년 F반 :
아키 토모야
사와무라 스펜서 에리리

(끝)

Saenai heroine no sodate-kata.
Go to the next stage !!

■ 작가 후기

안녕하십니까. 마루토입니다.

『시원찮은 그녀를 위한 육성방법』, FD 팬디스크 가 나오면서 조금 늦어졌습니다만, 드디어 여러분에게 전해드리게 되었습니다. 이것이 전환점이 되는 7권입니다.

실은 전부터 7권이 최종권이라는 소문이 돌았습니다만, 저도 먹고 살아야 하기 때문에…… 아니, 그런 꿈도 희망도 없는 이야기는 제쳐두죠. 아무튼 이번 7권으로 1부가 완결되었습니다. 제2부도 머지않아 시작할 예정이니(겸사겸사 작풍도 원래대로 돌아올 것이니), 앞으로도 변함없이 애독해주시면 감사하겠습니다.

그리고 「너, 그거 설명해두지 않으면 독자 여러분들이 떨어져나갈 테니 설명해두라고.」 라는 말을 담당 편집자님에게 들었기에 앞으로의 전개를 조금만 스포일러하겠습니다. 제2부에서 『그 두 사람』의 출연빈도가 줄어든다든가, 추억이 된다든가, 그리고 3년 후로 넘어가든가 같은 일은 없으니 그 점은 안심하시면서 기다려 주셨으면 감사하겠습니다. 솔직히 말해 8권 회의에서는 「어떻게 모 선배님을 자연스럽게, 그리고 많이 등장시킬 것인가」가 중점이 될 거라고 생각합니다. 아마 어떻게든 될 거예요. 왜냐하면 대학생은 한가(이하 생략).

뭐, 그것보다 드디어 전쟁터 한복판에 나타난 모 후배가 이번에야말로 눈에 띠는 활약을 할 수 있을지가 심각한 문제(더욱 생략).

자아, 곧 방영이 시작되는 애니메이션 말입니다만, 실은 각본 쪽은 작업이 끝났습니다.

하지만 소풍은 무사히 집으로 돌아갈 때까지 끝난 것이 아니라는 말이 있듯, 패키지가 발매될 때까지가 애니메이션이기에 아직 애니메이션 관련 일은 끝이 보이지 않습니다.

그리고 「애니메이션이 잘 나가는 동안 원작도 쭉쭉 내죠!」라는 긍정적인 전략을 담당 편집자님이 미소를 지으며 내놓으셨기에, 메마른 미소를 지으며 그에 부응하기로 한 원작 및 시리즈 구성 및 각본 담당자가 쓴 후기가 바로 이것입니다.

원작을 띄우기 위해 애니메이션이 힘을 쥐어짜내고, 그 애니메이션을 띠우기 위해 원작이 최선을 다해 엄호 사격을 한다고 하는 그야말로 이상적인 협력체제가 구축된 거죠. 원작도 애니메이션도 엄청 힘내서 Win-Win 관계를 형성하는 겁니다.

그건 좋습니다. 매우 좋아요······. 제가 두 콘텐츠에 전부 관여하고 있지만 않다면요······.

뭐, 아무튼 간에 스태프와 캐스트가 한 덩어리가 되어 최선을 다하고 있는 애니메이션판 『시원찮은 히로인을 위한 육성방법』은 비주얼도 아름답고, 히로인도 귀엽고, 연기도 재미있어서, 그냥 멍하니 보고만 있어도 즐거운 완성도라고 자부하니(각본은 제쳐두고), 여러분도 머릿속을 텅 비우고 시청해주시면 감사하겠습니다. 뭐, 미소녀를 모아서 동인 미소녀 게임을 만든다는 말도 안 되는 설정에 대해 깊게 생각하는 것 자체가 괜한 짓이니까요(문제 발언).

그러니 애니메이션은 (알아서) 노력해주기로 하고, 중요한 (어디까지나 저에게 있어서) 엄호 사격 말입니다만······. 아까 8권 이야기를 해놓고 이런 소리를 해서 죄송합니다만 8권이 아닙니다.

최근까지 드래곤 매거진에서 연재된 『시원찮은 히로인을 위한 육성방법 before ~시원찮은 용호(龍虎)를 위한 격돌방법~』에 신작 중편 소설을 더한 『에리리&우타하 스페셜』 같은 쉬어가는(이라고 말하면서도 인기 캐릭터를 내세워서 독자 여러분에게 꼬리치는 교활한) 책을 낼 예정입니다.

그리고 단편 내용은 시기적으로는 이번 권과 같으며, 이번 권이 토모야 시점이기에 거의 그려지지 못했던 두 사람의 심경 변화를 세세하게 그려볼 생각입니다. 그리고 무시무시하고 악랄한 그 사람의 본성이 그대로 드러나는, 그야말로 제가 매우 좋아할 만한 내용이니 관심이 있으시다면 꼭 읽어주시면 감사하겠습니다.

그럼 마지막으로 감사 인사를 드릴까 합니다.

미사키 씨. 으음, 각종 일거리가 잔뜩 들어와서 정말 고생하시고 있는 건 알고 있습니다만, 결코 저(만)의 탓은 아닙니다. 그러니 서로를 원망하지는 맙시다. 아, 그리고 에리리의 베개 커버를 보고 진짜 전율했습니다. 그 구도에 맞는 동침 보이스를 만드는 건 그야말로 시련이었어요(제가 아니라 오오니시 사오리 씨에게 있어서요).

하기와라 씨……만이 아니라, 후지미 편집부 여러분. 요즘 들어 담당 편집자의 숫자가 늘어나고 있습니다만 앞으로도 변함없는 지도편달 부탁드립니다. 아, 제 업무 대응이 점점 늦어지는 것 같은 건 기분 탓일 겁니다. 아마도요…….

그럼, 머지않아 발매될 다음 권에서 뵙겠습니다.

　　　　2014년, 초겨울　　　　　　　마루토 후미아키

■역자 후기

안녕하십니까. 근로청년 번역가 이승원입니다.

『시원찮은 그녀를 위한 육성방법』 7권을 구매해주셔서 진심으로 감사드립니다.

저는 여름의 문턱에서 이 후기를 작성하고 있습니다만, 독자 여러분들이 이 책을 보실 때는 한여름 더위가 맹위를 떨치고 있을 것 같군요.

더위에 지친 여러분에게 있어 이 책이 청량제 역할을 할 수 있기를 진심으로 빌겠습니다(넙죽).

이번 7권의 내용에 대한 이야기는 가능한 한 하지 않을까 합니다.

혹시나 제 후기를 먼저 보고 본문을 읽게 된 독자 여러분에게 선입관을 드릴 수 있을 것 같으니까요.

1년이라는 시간 동안 같은 동인 서클에서 같은 목표를 가지고 같이 노력해온 멤버들. 그들이 그 시간 동안 어떻게 달라졌는지, 그 시간이 그들에게 어떤 의미를 가지는지, 그리고 그 시간이 그들을 어떤 미래로 인도했는지……. 그것들은 독자 여러분의 눈으로 확인해주셨으면 합니다.

그리고 제가 아무런 스포일러를 당하지 않고 7권을 읽었을 때처럼 뜬눈으로 밤을 지새우시기를 빕니다!(어이)

……오, 오해하지 마십시오! 혼자 당하기 싫다고 이러는 건 아니에요! 저는 어디까지나 독자 여러분을 생각해서………… 크, 크윽, 마루토 선생님이 옛날 옛적(?)에 제 마음에 새긴 트라우마가 또 살아나서 죽을 것 같군요. 오늘 밤도 편히 자긴 그른 것 같아요.ㅠㅜ

그럼 이만 줄이겠습니다.

이 작품을 저에게 맡겨주신 뻬야 님과 L노벨 편집부 여러분. 재미있는 작품을 맡겨주셔서 감사합니다. 작업하면서 옛 트라우마가 되살아났습니다만, 카토느님 덕분에 끝까지 작업을 완수할 수 있었습니다.ㅠㅜ

자기 일 마치고 폐기 도시락과 컵라면 들고 쳐들어온 악우1, 더우니 밀면이나 먹으러 가자며 트럭 몰고 온 악우2, 비빔국수 같이 먹자고 만들어서 들고 온 악우3이여. 너희 마음은 고맙지만…… 덕분에 나는 하루 종일 면만 먹었어.ㅠㅜ

마지막으로 언제나 제게 버팀목이 되어주시는 어머니와 『시원찮은 그녀를 위한 육성방법』을 읽어주신 모든 분들에게 진심으로 감사드립니다.

　강적이라 쓰고 친구라 읽는 여자들의 이야기가 펼쳐지는 다음 권 역자 후기 코너에서 다시 뵙겠습니다!

2015년 7월 초

역자 이승원 올림

시원찮은 그녀를 위한 육성방법 7

1판 1쇄 발행 2015년 8월 10일
1판 6쇄 발행 2020년 3월 20일

지은이_ Fumiaki Maruto
일러스트_ Kurehito Misaki
옮긴이_ 이승원

발행인_ 신현호
편집장_ 김은주
편집진행_ 김기준 · 김승신 · 원현선 · 권세라
편집디자인_ 양우연
국제업무_ 정아라 · 전은지
관리 · 영업_ 김민원 · 조은걸 · 조인희

펴낸곳_ (주)디앤씨미디어
등록_ 2002년 4월 25일 제20-260호
주소_ 서울시 구로구 디지털로 26길 111 JnK디지털타워 503호
전화_ 02-333-2513(대표)
팩시밀리_ 02-333-2514
이메일_ lnovelpiya@naver.com
ㄴ노벨 공식 카페_ http://cafe.naver.com/lnovel11

원제 Saenai heroine no sodate-kata. Vol.7
ⒸFumiaki Maruto, Kurehito Misaki 2014
Edited by FUJIMISHOBO
First published in Japan in 2014 by KADOKAWA CORPORATION, Tokyo.
Korean translation rights arranged with KADOKAWA CORPORATION, Tokyo.

ISBN 978-89-267-9952-9 04830
ISBN 978-89-267-9771-6 (세트)

값 6,800원

한계돌파 모에로 크로니클

하사마 지음 | 히라노 카츠유키 일러스트 | 김덕진 옮김

문지르고 잡아서 팬티를 입히는 RPG.
「한계돌파 모에로 크로니클」이 소설이 되어 등장!

몬스터걸과 인간이 공존하던 세계.
어느 날을 기점으로 세계에 이변이 일어나, 몬스터걸이 인간을 적대시하게 된다.
원인을 찾기 위해 건장한 남자들이 몬스터걸이 사는 영역
【몬스토피아】로 떠났지만, 누구 하나 되돌아오지 않았다.
인간이 사는 영역【로이타움】과 몬스토피아의 사이에 존재하는 마을
세크렌드에 사는 소년 이오는 마을 장로의 명령을 받고 이변을 밝히기 위한
여행을 떠나게 된다. 소꿉친구인 몬스터걸 리리아와 함께
어쩔 수 없이 모험에 떠나는 이오였다!

라이트노벨의 새로운 빛! L노벨의 신간은 매월 10일에 발매됩니다. www.lnovel.co.kr